0,45

PAUL HERVIEU
de l'Académie française

Diogène le chien

Ernest Flammarion, éditeur.

PAUL HERVIEU

de l'Académie française.

Diogène le chien

PARIS

ERNEST FLAMMARION, ÉDITEUR

26, RUE RACINE, 26

Diogène le chien

CHAPITRE PREMIER

I

Vers l'an 412 avant l'ère chrétienne, Icèse, riche banquier de Sinope, ayant mené sa femme aux autels d'Ilithyie, devint père d'un jeune garçon. Il voulut l'appeler Diogène et fit valoir son droit. Sa femme aurait préféré le nom plus harmonieux d'Alcathoos ; mais elle fut bien forcée de reconnaître qu'elle n'était que la mère.

Vraisemblablement cet enfant passa, comme les autres, ses premières années. Il eut la fièvre scarlatine, des coliques et des rages de dents.

Après quoi, ses instincts commençant à se développer, il se mit naturellement à les suivre. Il adorait le miel et détestait la rhubarbe ; lorsqu'il était joyeux, il s'abandonnait à des éclats de rires sonores ; il pleurait lorsqu'il avait du chagrin. Tout cela le fit souvent fouetter par sa mère.

Enfin le voyant en âge de comprendre les jeux et de s'en amuser, son père, commerçant affable mais sérieux, le conduisit chez un maître d'école, dans la petite masure duquel, pendant dix années, Diogène passa les belles heures que le soleil donne à l'homme, roi de la nature.

C'est ainsi qu'il arriva vers sa dix-huitième année. Il était alors brun, élancé, bien fait, rayonnant de force et de jeunesse. Il savait lire, écrire, calculer et s'enlever au trapèze à la force du poignet. Alors son père le mit à la tête de sa maison de banque, ce qui donna l'idée à Diogène de prendre une maîtresse.

Il ne tarda pas à rencontrer, à la porte du théâtre de Sinope, une vieille courtisane, appelée Nicidia, que tous ses aînés dans la débauche avaient vue ivre et nue. Ils s'aimèrent d'un fol amour. Diogène se brouilla avec ses bons amis pour Nicidia qui le trompa ; Nicidia voulut se noyer dans le fleuve Halys pour Diogène, qui la battit cruellement.

Mais le bonheur n'est pas éternel ici-bas !

La pauvre Nicidia mourut subitement d'une indigestion ; et Diogène lui fit construire un tombeau superbe au fronton duquel on grava, dans le marbre, un fort joli vers de sa composition qui signifiait :

« Je pleure, parce qu'un petit oiseau s'est envolé. »

Vers cette époque, et pour se distraire, il alla consulter l'oracle de Délos, patrie d'Apollon. La Pythie invoquée lui répondit : « Change la monnaie. » Les commentateurs sont unanimes à reconnaître que cette phrase signifiait : « Ne fais point comme les autres hommes. »

Diogène comprit tout bonnement que le dieu, dans ses insondables desseins, l'engageait à corrompre la valeur de l'argent. Il fit la chose largement, grâce aux facilités que lui donnait sa situation de banquier public.

La population ne manqua pas de s'émouvoir. Une plainte fut déposée. Pendant qu'on instruisait l'affaire, Diogène prit la fuite. Mais l'heure de la justice était venue : on enferma son vieux père, pour le restant de ses jours, dans une étroite prison.

II

L'an III de la 98e Olympiade, au vingt-huitième jour
du mois Hécatombæon, la capitale de l'Attique célébrait
la fête splendide des Grandes Panathénées.

Vers l'heure de midi, la foule se portait au Céramique
Extérieur. Là, parmi les portiques et les tombeaux, sous
les feux étincelants du soleil, se disposait le cortège de la
procession du péplos.

En tête, on plaçait les jeunes vierges qui soutenaient,
dans leurs bras nus, les fioles, les corbeilles et les coupes ;
derrière elles et vêtus d'une tunique légère, se rangeaient
de jolis garçons.

Le centre du cortège était réservé aux guerriers qui,
pour danser la pyrrhique, s'étaient couverts de leurs
pesantes armures. Au milieu d'eux, les Praxiergides
portaient, au bout de quatre lances, le nouveau péplos où
se trouvait brodée la victoire des Athéniens sur les
Atlantes « venus des portes de la nuit », et dont ils allaient
revêtir la statue de bois « tombée du ciel ».

Enfin derrière cette phalange sacrée, de beaux
vieillards, qu'on appelait Tallophores parce qu'ils portaient des branches d'olivier, se préparaient à marcher
d'un pas vénérable.

La procession se dirigeait, entre l'Aréopage et la colline
du Pnyx, vers l'Agora qu'elle traversait, au milieu d'un
grand concours de peuple ; et, gagnant les Propylées, elle
gravissait le magnifique escalier de marbre que couron-
nait l'Acropole, avec le Parthénon et la statue d'ivoire et
d'or, sculptée par Phidias, qui s'appelait « Athéné com-
battant sur le front de bataille ».

La solennité comportait encore des jeux gymniques, des
hécatombes.

Les poètes au regard inspiré venaient réciter en public leurs strophes où grondaient les vers magnanimes, où le rythme chantait mollement.

Le sujet habituel du concours était le panégyrique d'Harmodios qui avait tué Hipparque, et l'éloge de son ami Aristogiton qui aurait bien voulu poignarder Hippias, dans la fleur de l'âge.

Athénée nous a conservé la chanson suivante, faite en leur honneur :

« Je porterai mon épée couverte de feuilles de myrte, comme firent Harmodios et Aristogiton quand ils tuèrent le tyran et qu'ils établirent dans Athènes l'égalité des lois.

« Cher Harmodios, vous n'êtes point encore mort : on dit que vous êtes dans les îles des bienheureux, où sont Achille, aux pieds légers, et Diomède, ce vaillant fils de Tydée.

« Je porterai mon épée couverte de feuilles de myrte, comme firent Harmodios et Aristogiton lorsqu'ils tuèrent le tyran Hipparque, dans le temps des Panathénées.

« Que votre gloire soit éternelle, cher Harmodios, cher Aristogiton, parce que vous avez tué le tyran et établi dans Athènes l'égalité des lois. »

Les auditeurs applaudissaient avec ivresse ; et leurs suffrages décernaient à l'heureux vainqueur un vase d'huile et une couronne d'olivier.

Puis avaient lieu des banquets immenses et religieux. Et lorsque la nuit tombait, la fête prenait fin par les lampadodromies, c'est-à-dire par les courses aux flambeaux, entre les portes de la ville et le temple de Prométhée.

Ainsi se passait, en l'an III de la 98e Olympiade, la fête splendide des Grandes Panathénées, en l'honneur de Pallas.

Ce jour-là, Diogène, l'âme tranquille, le front haut et le corps libre, était entré dans le Pirée.

Il bénéficia de ce que les officiers du port avaient dû se consacrer spécialement à la répression des désordres qu'engendraient d'ordinaire les imposantes cérémonies offertes à la déesse de la sagesse.

Il put pénétrer dans la ville sans justifier de ses origines et se faire, en quelques heures, de nombreuses relations parmi la jeunesse que tant de réjouissances mettaient en belle humeur.

III

Pendant une année entière, Diogène mena la vie fastueuse d'un satrape, grâce à tout l'or qu'il avait emporté.

Il s'efforça de prendre le bon ton, dans cette ville étonnante où les soldats de Marathon et de Salamine avaient appris le maniement des armes, où l'on parlait encore de la queue du chien d'Alcibiade. Il fréquenta les guerriers et les libertins, les savants et les courtisanes.

Parfois, il passait la journée entière, couché sur son lit d'ivoire, respirant l'odeur suave des aromates et goûtant des liqueurs délicieuses. Assises à ses pieds, de jeunes esclaves touchaient tour à tour, de leurs doigts fins, les cordes du psaltérion qui vibraient harmonieusement dans la salle aux colonnes de marbre phrygien, reliées entre elles par des tentures de proupre d'Hermione.

Parfois, nonchalamment étendu sur les souples coussins de sa litière, il se faisait porter à quelque bain splendide, où les jeunes élégants d'Athènes, debout dans les bassins d'eau froide, tenaient mille propos légers devant la statue d'Hygie, fille d'Esculape et déesse de la santé.

Le soir, à sa table ouverte, il y avait place pour tous les convives de bonne volonté. Les hommes avaient le droit d'être joyeux et bêtes, ou tristes et spirituels ; on permettait aux femmes de se montrer, suivant leur humeur, impudiques ou chastes.

Souvent d'illustres citoyens venaient s'étendre sur les lits à deux personnes, disposés dans la salle du festin. Et chacun parlait de mille choses, en buvant le vin doré de

Syracuse. Démocrite, homme d'un naturel bienveillant, disait avec son léger accent abdéritain :

« Tes poésies sont charmantes, Phérécrate. J'aime les sujets que tu traites avec un mètre nouveau. Cela repose du rythme monotone d'Homère et de quelques autres. »

Alors, se tournant vers Aristophane, Démocrite continuait à demi-voix :

« D'ailleurs, j'en parle à mon aise ; je n'ai rien lu d'Homère ni de Phérécrate. »

Mais le vieil Aristophane remuait la tête sans ouvrir les yeux ; car il méprisait les hommes des générations nouvelles et regrettait l'époque glorieuse des héros qu'il avait diffamés.

Zénon, qui était docte et toujours ivre, expliquait aux jeunes femmes sa théorie de la création et des astres :

« Le corps de l'homme a été formé par la Terre et par le Soleil. Son âme est un mélange de chaud et de froid, de sécheresse et d'humidité. Maintenant, écoutez-moi bien : le Soleil se dirige obliquement dans le cercle du Zodiaque et se nourrit dans l'Océan ; ce qui fait que la Lune suit une route pleine de détours et s'alimente dans les fleuves. Voilà pourquoi, belles Athéniennes, les saisons changent et les femmes perdent leur fraîcheur, comme les roses passagères. »

A l'autre bout de la table, des couples amoureux causaient avec abandon.

Un bel adolescent, dont le père était mort, chuchotait, penché sur la brune Mélitta, habile à préparer les philtres thessaliens :

« Douce colombe, nous allons vivre toute une semaine ensemble, car j'ai gagné ma liberté, en disant à ma mère que je partais chasser les oies sauvages dans l'île de Salamine.

— Quelle joie, répondit Mélitta en lui caressant le visage, et comme les heures me paraîtront courtes, ô mon Timolaos, mon petit cochon d'Acharné ! »

« Platon, murmurait une jolie blonde aux yeux de violette, quand donc me donneras-tu les deux mines que tu m'as promises pour payer mes pendants d'oreilles et mon tissu transparent de Cos ?

— Méchante petite joueuse de cithare, fille menteuse et débauchée, criait Platon d'un air furieux, tu m'as fait te payer d'avance ! »

Montrant du geste un jeune homme au visage intelligent et fier, il ajoutait :

« Tu devrais aimer mon jeune élève Hippotale qui, pour avoir de l'argent, n'a qu'à menacer sa mère de se faire soldat de marine. »

Et se levant avec noblesse, Platon allait prendre la taille et regarder les yeux d'Axiothée de Phlias, créature belle, riche et dépravée, qui tous les jours venait, habillée en homme, s'asseoir dans le jardin d'Académos.

Diogène, dans une attitude indolente, écoutait tous ces propos et se formait ainsi peu à peu le jugement et le cœur.

Et la radieuse Aurore paraissait souvent assez tôt pour éclairer dans la salle du festin, où s'étaient éteintes les veilleuses d'huile odorante, des femmes qu'on ne se lassait pas d'embrasser, des jeunes hommes qui se tendaient encore la grande coupe de cristal, et d'illustres vieillards qui se disputaient.

Un beau matin, Diogène, en s'éveillant, se mit à réfléchir et s'aperçut qu'il était absolument ruiné. Cette remarque l'ayant plongé dans un abattement profond, il resta plusieurs heures assis sur son lit, se tenant la tête dans les mains et méditant sur le parti meilleur à prendre.

Ne trouvant rien, il se leva, rendit la liberté à ses esclaves ; et voulant emporter quelque souvenir, il prit une timbale d'argent qui lui venait d'une femme honnête dont il avait été l'amant. Puis il sortit de sa demeure pour n'y jamais rentrer.

Il atteignit d'un pas traînant et incertain la place publique qui, à cette heure, était déserte. Il n'aperçut autour de lui que les statues divines : Zeus, Hermès, Poseidon et ce marbre majestueux devant lequel saint Paul s'arrêtait quatre siècles plus tard, qui était dédié au dieu Inconnu. Cette vue ne le réconforta point ; et il se laissa tomber sur le sol, en pleurant d'une façon tout à fait lamentable.

CHAPITRE DEUXIÈME

I

A quelque distance des portes d'Athènes, dans le gymnase Cynosarge, un certain Antisthène, surnommé *Simple Chien*, enseignait la philosophie.

Cet homme affichait des idées originales et des façons d'agir assez étranges. Au rapport de Dioclès, il fut le premier qui doubla son manteau, afin de ne point porter d'autre habillement. Nous savons par Hermippe qu'il avait eu l'intention de prononcer, aux jeux Isthmiques, l'éloge et la censure des habitants de Thèbes, d'Athènes et de Lacédémone.

Il disait à qui voulait l'entendre que rien ne paraît extraordinaire au sage, et que la vertu des femmes consiste dans l'observation des mêmes règles que celles des hommes.

Il s'était couvert de gloire à la bataille de Tanagre, en tuant beaucoup d'hommes qui n'étaient pas de sa patrie.

On l'admettait dans quelques bonnes familles de la ville, bien que sa brusquerie fût faite pour décontenancer ; mais il avait l'art de prononcer de beaux dicours, dont les esprits délicats faisaient leurs délices.

« La Prudence, s'écriait-il une fois, est plus solide qu'un mur, parce qu'elle ne peut ni crouler ni être minée. »

Une autre fois, il disait :

« Le philosophe a dans l'âme une forteresse imprenable. »

Peut-être, en déclamant ces choses qui produisaient un grand effet, riait-il dans sa longue barbe rousse. Socrate lui avait souvent dit : « Antisthène, je vois ton orgueil à travers les trous de ton manteau. »

Un jour, sur la place publique, il avait une discussion des plus vives avec un citoyen austère qui prétendait qu'un charpentier était plus utile à la République qu'un orateur.

Antisthène, avec son esprit fin, fit sans doute valoir, en faveur de sa cause, une de ces mauvaises raisons dont il avait le secret et auxquelles il n'y avait rien à répondre.

Aussi son interlocuteur, à bout d'arguments, en fut-il réduit à lui reprocher de n'être Athénien que par son père, puisque sa mère était de Thrace. Le philosophe répliqua, avec beaucoup de sang-froid, qu'il ne fallait pas s'exagérer l'importance d'une nationalité qu'on partageait avec les colimaçons et les sauterelles.

La foule, qui faisait cercle autour des deux adversaires, applaudissait à cette riposte inattendue, quand un homme de haute stature, les cheveux épars, les yeux bouffis et rouges, se frayant des coudes un passage, vint se camper devant Antisthène et lui dit :

« Je m'appelle Diogène ; si tu veux, nous vivrons ensemble : tu seras le maître et moi le disciple. »

Antisthène haussa les épaules et s'en alla. Mais son jeune admirateur le suivit avec cette humilité touchante et tenace des gens qui sont dans l'embarras. Antisthène, pour avoir la paix, usa de la prière, de la menace, même du bâton. Et comme malgré tout il ne parvenait pas à éloigner l'importun, il finit par accepter sa compagnie.

II

Quelques personnes savent qu'Antisthène passe pour avoir préparé la voie philosophique à la doctrine stoïcienne. Celles-là se figureront aisément combien Diogène dut passer de mauvaises heures, pendant les cinq années qu'ils vécurent ensemble.

Antisthène menait rudement son disciple, qui dut apprendre à dormir sur la terre, à laisser croître sa barbe et ses cheveux comme une crinière, à boire de l'eau pure, à se nourrir de gros pois et de pain cuit sur la braise.

Lorsqu'il commençait à s'assoupir, pendant la grande chaleur, vers le milieu du jour, son maître, qui n'avait jamais sommeil à pareille heure, venait s'installer auprès de lui en disant que l'homme devait s'accoutumer à triompher du besoin. Alors Antisthène développait des considérations interminables sur l'immortalité de l'âme, sur la justice et sur la piété.

« La vertu, disait-il un jour avec emphase (c'était la fête des Libations, le 12 du mois Anthestérion), la vertu est un bien qui ne peut être ravi ni par la guerre, ni par le naufrage, ni par les tyrans. Elle suffit pour rendre heureux ; elle est préférable à la richesse, à la santé, aux plaisirs des sens ! Ainsi parlait Socrate, mon maître bien-aimé...

— Ah ! murmura Diogène avec une fatigue visible, il a pu en dire autant de la ciguë.

— C'est une bonne plante, interrompit soudain une voix railleuse ; j'en cultive trois arpents. »

Les deux Cyniques levèrent la tête et aperçurent un grand vieillard au teint hâlé, vêtu d'une peau de chèvre, qui tenait un gros sac de cuir d'une main et un hoyau de l'autre.

« Ah ! c'est toi, Timon ! s'écrièrent-ils ensemble ; comme tu as l'air gai !

— C'est vrai, répondit Timon le Misanthrope, je ris encore de l'air hébété d'Apémante qui vient de m'offrir à déjeuner. En finissant, il m'a dit : « Quel bon repas, Timon, nous avons fait ensemble ! — Oui, ai-je répliqué, j'espère bien qu'il va t'étouffer ! »

— Ah ça ! répondit Antisthène, tu ne te reconcilieras donc pas avec le genre humain ?

— Timon, ajouta Diogène, veux-tu t'asseoir un instant

ici, et nous raconter ta vie que je suis curieux de connaître ?

— J'y consens, répondit le Misanthrope, quoique je sois pressé de porter les débris de viande que j'ai dans ce sac à mes loups de l'Hymette. Du reste, l'histoire de ma vie est courte.

« Je suis né d'Échécratide, dans le bourg de Colyte. J'ai été riche, distingué, religieux, confiant et tendre. J'ai offert aux dieux des hécatombes entières ; j'ai encouragé les arts et protégé les faibles. J'ai eu des amis, des maîtresses et des enfants. Mon patrimoine n'a pas résisté. Les amis et les femmes sont partis avec lui. Les enfants étaient morts un peu auparavant. Les dieux ont laissé ces choses se produire. Tout cela m'a fait du chagrin. Alors, en remarquant que ce que je croyais le mal était la loi du monde, j'en ai conclu que c'était le bien. Et encore !... Quoi qu'il en soit, j'ai tranformé mon âme; j'ai retourné mes idées comme je retournerai mon manteau quand ce côté-ci sera usé. Et j'ai bien vu que le jugement humain n'avait ni endroit ni envers. Jadis j'admirais la justice, aujourd'hui je suis tenté d'apprécier la force ; je respectais le courage, et maintenant je reconnaîtrais volontiers que la lâcheté est un sentiment plus délicat. J'aimais la vie folle des cités, je la trouvais émouvante ; je croyais aux joies pures de l'agriculteur laborieux, je vantais le soleil et la brise des champs. Maintenant je hais les villes, le chaud, le froid, la terre, le travail ; tout, du reste.

« Je suis beaucoup moins malheureux qu'autrefois, parce que le misérable spectacle de la société me procure des satisfactions. Comme je sais goûter les actes de perversité, de bêtise et d'ignorance, j'ai de fréquents sujets de gaieté.

« J'avoue qu'il m'arrive parfois de rencontrer un individu honnête et bon. C'est alors que je suis pris de ces accès de misanthropie qui me font descendre dans le Pirée pour y insulter les étrangers qui débarquent. Heureusement, là, mon humeur change vite. Je vois des mendiants estropiés, des filous, des prostituées. Quelquefois j'assiste

à un incendie allumé par vengeance, à une mort subite, à
une rixe entre matelots. Un jour même j'ai vu un jeune
homme égorger sa maîtresse par amour et deux portefaix,
qui s'interposaient sans motif. Ces petits incidents me
permettent d'attendre patiemment l'arrivée des pestes
asiatiques, l'éclat des séditions et des guerres générales. »

En prononçant ces derniers mots, Timon s'était levé.
Il jeta son sac immonde sur ses épaules, et il s'éloigna en
faisant, avec sa lourde pioche de bois, de grands gestes,
comme un faucheur.

Diogène restait pensif. Alors Antisthène lui dit d'un air
joyeux :
« Ne vois-tu pas que Timon est fou ? Il pense vraiment
ce qu'il dit, ce pourvoyeur des loups et des corbeaux. Un
jour, il y a bien longtemps de cela, il parla de façon à se
faire massacrer par la populace. Rencontrant Alcibiade
qui venait d'obtenir un grand succès dans l'assemblée,
il alla lui serrer la main avec effusion, en disant : « Courage, mon garçon, je te devrai la perte des Athéniens. »

III

Après le frugal repas du soir, les deux philosophes,
appuyés sur leurs bâtons, avaient coutume de gagner le
Céramique et de s'y promener, en silence, sous les branches
de myrtes et d'oliviers. Ils rencontraient, au tournant des
allées, les hétaïres qui guettaient, de leurs prunelles
brillantes, les jeunes gens de la ville, pour fuir devant eux
en écrivant dans le sable, avec les clous rangés à cet effet
sous leurs brodequins à haute tige : Suis-moi.
Ils regardaient d'un air hautain ces filles folles dont
l'amour coûtait trop cher pour eux ; et celles-ci riaient
d'un ton moqueur, en voyant apparaître, à la tombée de
la nuit, ces grands hommes barbus, vétus de manteaux
troués et qui semblaient muets.

Lorsqu'ils avaient, à leur gré, suffisamment parcouru le bois, ils cherchaient quelque portique pour y passer la nuit. Mais souvent, en attendant le sommeil et comme en proie à une obsession, Antisthène marmottait des phrases inintelligibles sur ce qu'il appelait « l'impétueux commerce des femmes ».

Quand approchait la nouvelle lune, on pouvait remarquer, sur les visages des Cyniques, les indices d'une joie contenue mais forte. En voici la raison :

C'était une chose connue qu'à la première apparition du beau croissant, Hécate, la déesse des carrefours, se promenait dans les rues, accompagnée des âmes des morts et poursuivie par les hurlements des chiens. Aussi les riches, dans le but de se concilier une divinité qui passait pour redoutable, disposaient, sur le chemin qu'elle devait vraisemblablement parcourir, des paniers garnis d'œufs, de miel et de fromages.

Au lendemain, les paniers étaient vides.

Or, les deux Cyniques, qui savaient bien pourquoi, voyaient revenir avec un plaisir toujours nouveau l'époque d'une solennité qui leur permettait de faire un solide souper, en parlant de sujets intéressants et divers avec tous les gueux de la ville, amis ou simples connaissances.

Quelquefois Antisthène se montrait d'une humeur joviale et gouailleuse qui plaisait énormément à son élève. Ainsi, un jour, un jeune homme du Pont promit de lui faire un riche présent lorsque son navire chargé de choses salées serait arrivé d'Asie. Antisthène, ayant fait signe à Diogène de prendre sa besace, mena le généreux étranger chez une meunière voisine et lui dit :

« Brave femme, emplis-moi ce sac de farine. Ce jeune homme te paiera quand arrivera son navire chargé de choses salées. »

Cette boutade fit beaucoup rire Diogène, qui déjà mordait avec une joie étrange au fruit amer du scepticisme.

C'est qu'en cinq années il avait appris bien des choses. Il avait perdu ces illusions de jeunesse qui enveloppent le cerveau et le protègent contre les premiers coups de la réalité. Il avait alors trente-deux ans ; il commençait à bien comprendre la vie et il connaissait le caractère des hommes.

Aussi, sans plus tarder, jugeant son maître ennuyeux, hypocrite, méchant et moins savant que lui-même, il chercha un moyen décent de le quitter.

Il ne trouva rien de mieux que de l'accuser publiquement de lui avoir volé trois olives. Antisthène indigné le chassa immédiatement du Cynosarge et, pour se consoler, entreprit un grand ouvrage, dans lequel il parlait successivement de la Gloire, du Chien, de la Musique, d'Hercule, de la Science, de la Procréation des enfants et de l'Amour du vin.

CHAPITRE TROISIÈME

I

Diogène était las de passer les nuits à la belle étoile, de se réveiller avec des douleurs dans la tête et de grands engourdissements. Il écrivit à un de ses anciens amis, qui lui devait beaucoup d'argent, de vouloir bien lui procurer une toute petite maison. L'ancien ami lui répondit qu'il y avait, dans le temple de la Mère des Dieux, un tonneau solide et confortable.

Diogène profita du conseil. Il s'empara du tonneau, défonça une des extrémités, garnit de paille les douves qui étaient un peu dures, et, tout heureux d'avoir un gîte, commença par y dormir vingt-quatre heures de suite, sans se retourner.

Pour premier usage de sa liberté, Diogène entama des relations avec une jeune marchande de dattes phéni-

ciennes. Tous deux aimaient à s'égarer, le soir, sous les
ramures du Céramique, où Antisthène ne venait plus. Et
ils s'y livraient à des jeux impurs, comme s'ils avaient été
réellement mariés. L'intimité dura pendant les mois de
Thargélion et de Scirophorion, et se termina d'une manière amicale et naturelle, par suite du dégoût réciproque.

A quelque temps de là, Diogène, ne possédant rien pour
son dîner, sinon une grande faim, se rappela qu'il connaissait, dans le quartier du Pirée, un riche marchand
de tapis assyriens. Cet homme avait une femme que l'on
disait charmante. Il s'appelait Milas, et mettait son
plaisir à recevoir à sa table les parasites lettrés, les diseurs
de banalités, les artistes et les philosophes : tous ces gens
d'humeur vagabonde qui ne vendent rien et qui sont
pauvres.

Diogène alla donc frapper à la porte de Milas qui le
reçut d'un air triste et lui dit :

« Ma femme bien-aimée est morte. »

Sur ces entrefaites, un certain Eudoxe, qui était géo-
mètre et astronome, arriva. Milas lui fit également part
du funèbre événement. Puis il pria les deux visiteurs de
vouloir bien partager son repas.

Ah ! que Milas était désolé ! Il ne se lassait pas de parler
de son malheur.

« Ma femme, murmurait-il, avait de grands yeux
bleus, des lèvres minces et roses, des dents éblouissantes.
Sa voix était argentine ; ses cheveux sentaient bon ; ses
réflexions pleines de justesse et de poésie, me char-
maient. »

Et Milas faisait d'intimes confidences :

« Si vous saviez comme elle riait follement lorsque je lui
disais des choses tendres ! Elle acceptait toutes mes fan-
taisies ; elle avait, sous l'épaule gauche, un joli signe noir.
Ma femme était adroite, polie, intelligente. Elle était
légère comme la biche d'Artémis. »

Diogène écoutait cela avec une lourde oppression.
Eudoxe essaya de consoler le malheureux époux. Il commença par dire que tout le monde était mortel, et, insen-

siblement, il en vint à causer des évènements politiques, de la crise commerciale, du beau temps, de la science géométrique. A ce propos, il rappela l'anectode de Pythagore immolant une hécatombe, après avoir découvert que le carré de l'hypoténuse du triangle rectangle était égal aux carrés des deux autres côtés.

Enfin l'amphitryon fatigué congédia ses convives. Eudoxe sortit tout content des belles phrases qu'il venait de tourner ; mais, pendant longtemps, Diogène conserva un aspect bizarre et chagrin.

Il était amoureux de la femme de Milas, cette inconnue qui était morte.

La malheureuse passion qui brûlait dans le cerveau de Diogène lui donna une fièvre terrible. Il ne prit aucun remède et guérit parfaitement. Alors, pour changer le cours de ses idées et achever de s'instruire, il résolut de parcourir la Grèce. Aussi, bientôt après, ayant placé son tonneau sous la protection de la divinité, se mit-il en route pour Lacédémone. Il emportait sa belle timbale d'argent, et il faisait tournoyer, d'un air capable, son grand bâton qui émerveillait tant Olympiodore, patron des étrangers.

II

Diogène franchit à gué le Céphise, traversa la ville d'Eleusis où l'on se préparait à célébrer des mystères en l'honneur de Perséphoné, et, longeant les falaises, rencontra le port Nisée qu'il tourna dans la ville de Mégare. Arrivé à l'Isthme, il se dirigea vers Mycènes, en laissant Corinthe à sa droite. Il faillit être englouti dans l'Inachos et dut, pour se remettre, rester quelques jours à Argos, ville consacrée à la déesse Héra. Enfin il atteignit Tégée et pénétra dans la Laconie.

Après ce fatigant voyage, Diogène, poudreux et déchiré par les ronces du chemin, gravissait le mont Menelaïon, lorsqu'il se vit en présence d'une dizaine d'individus à la mine suspecte.

C'étaient des Hilotes qui avaient fui de Sparte à l'époque de la dernière Cryptie et qui, depuis, s'occupaient de trancher le nez des hommes libres, après les avoir détroussés.

Diogène, qui avait une frayeur terrible, se prépara néanmoins à la résistance. Mais le chef des malfaiteurs s'avança vers lui, caressant sa belle barbe blanche, et dit de sa voix la plus tendre :

« Frère, tu es le bienvenu. »

Le Cynique, blessé dans son amour-propre mais épargné dans sa peau, serra cordialement la main du vieux scélérat.

Après avoir dormi pendant deux heures dans une caverne de la montagne et s'être restauré avec une aile de coq rôti, des figues et du vin doux, Diogène crut devoir, en partant, reconnaître l'hospitalité très convenable qu'il avait reçue, en communiquant à ses nouveaux amis quelques réflexions philosophiques, seule monnaie dont il fût riche.

Il se leva donc et se mit à parler, en marchand de long en large :

« Hilotes voleurs, ne croyez pas que je méprise votre profession. Je me demande seulement si elle est assez lucrative. Car il ne faut pas se poser d'autre question, lorsqu'on songe au choix d'une carrière. En effet, celui qui travaille pour gagner sa vie est forcé, à toute heure du jour, de faire taire sa conscience, à moins qu'il n'en ait pas ; ce qui revient au même.

« Vraiment on ne pourrait, sans reculer d'horreur, examiner l'ensemble des actions d'un homme quelconque dans le miroir de l'équité.

« J'applique d'une manière égale ce que je viens de dire aux agriculteurs, aux montreurs d'ours, aux sophistes, aux marchands, aux banquiers, aux prêtres, aux patrons de navires, aux médecins, aux Archontes d'Athènes et aux Éphores de Sparte.

« Hilotes, je laisse donc de côté la question morale qui n'a rien à voir en pareille matière, et me plaçant au seul point de vue de votre intérêt, je me sens pris d'une douce pitié. Car, nul de vous ne l'ignore, vous tombez sous le coup des lois faites par les hommes pour être appliquées spécialement à ceux qui ne les acceptent point.

« Il est certain qu'un jour les soldats s'empareront de vos personnes, et vous serez précipités dans le gouffre Barathre. Pourtant, à ce propos, laissez-moi vous dire qu'il ne faut pas envisager la mort comme une chose pénible, et qu'il est bon, surtout dans votre position, de s'y préparer de bonne heure, afin de la recevoir dignement, dans une attitude calme et distraite.

« Mais il me semble remarquer une certaine tristesse sur vos visages et je ne veux pas insister davantage. Qu'il me suffise de vous rappeler que des puissances supérieures veillent sur tous les enfants de la Grèce. Ainsi Poseidon sauve des flots les marins intrépides ; Arès garde les guerriers ; Aphrodité favorise les femmes qui font l'amour ; Pallas, celles qui ne le font pas. Et tandis qu'Héraclès donne la force aux hommes courageux qui massacrent les brigands, le dieu Hermès, que vous adorez, protège les voleurs actifs et intelligents. »

Cependant le soleil déclinait à l'horizon. Diogène s'éloigna d'un pas rapide, pour arriver à Sparte avant la nuit noire. Il descendit vers la plaine où il rencontra l'Eurotas, fleuve qui vient des plateaux d'Arcadie. Il y prit un bain très court, et, rajustant son affreux manteau sur ses épaules, il pénétra dans la « creuse Lacédémone ».

On y observait, depuis quatre cents ans, des lois sévères et sages.

Il fallait partager les récoltes, se servir d'une lourde monnaie de fer, dédaigner les parfums et les ornements. Les marchands, les orateurs, les devins et les charlatans étaient bannis ; les célibataires, notés d'infamie. On ne pouvait employer, dans la construction des maisons, d'autres instruments que la scie et la cognée. Il était de règle que les jeunes filles parussent à peu près nues dans les cérémonies publiques, afin d'être moins séduisantes. Nul n'avait le droit de payer ses dettes.

Telle était, dans ses parties essentielles, la puissante

législation de Lycurgue, citoyen célèbre qui éleva un temple à Pallas Ophthalmitide, en souvenir de l'œil qu'il dut laisser sur la place publique, le jour où il exposa son plan d'une meilleure répartition de la richesse domestique.

Diogène songeait à ces choses, en marchant au hasard dans les rues étroites, bordées par de vilaines maisons très basses. Il atteignit ainsi une place où une partie de la population s'était assemblée pour jouir d'un spectacle assez curieux.

Des jeunes garçons de douze à quinze ans, absolument nus, se plaçaient tour à tour sur l'autel d'Artémis Orthia, où des magistrats intègres les fouettaient jusqu'à l'effusion du sang.

Diogène, très intrigué, voulant connaître le but de cette pieuse cérémonie s'adressa à une jeune Lacédémonienne qui, fort en peine de voir, se levait à côté de lui, sur la pointe des pieds.

« C'est, répondit cette dernière, la fête des Bomonices. Ceux qui supportent les coups sans se plaindre et sans mourir, reçoivent le titre de Victorieux à l'autel.

— Ah ! très bien ! » fit Diogène ; et désirant remercier son interlocutrice par une réflexion galante, il s'embrouilla dans une longue phrase qui finit par signifier qu'il aurait eu grand plaisir à ce qu'une aussi jolie fille fût un jeune garçon.

Il lui demanda son nom, entendit qu'elle s'appelait Ampélis et en prit poliment congé.

Diogène reprit sa course à travers la ville. Il vit des guerriers qui revenaient de l'exercice ; des gens d'un aspect ordinaire qui causaient entre eux ; des esclaves, surveillés par leurs maîtres, qui travaillaient ; d'autre qui, n'étant pas surveillés, ne faisaient rien. Il aperçut encore des femmes qui allaitaient leurs enfants ; des gamins qui, pour s'amuser, se jetaient de grosses pierres à la tête ; des citoyens qui erraient dans un état d'ivresse propre à faire réfléchir les jeunes Hilotes.

Il traversa l'Hippodrome désert et arriva devant le pont d'Héraclès qui menait aux Plataniste.

III

Dans cet endroit ombragé d'arbres magnifiques, il y avait une foule considérable, venue pour entendre une conférence du philosophe Hippias d'Elis, sur la gloire immortelle des grands hommes de Sparte.

Diogène entendit la péroraison du discours :

« Spartiates et Lacédémoniens, j'ai voulu retracer les vertus de vos morts illustres. Peut-être la tâche était-elle au-dessus de mes faibles forces ! Mais, pourtant, je veux croire que l'orateur qui s'inspire d'un si noble sujet ne peut dire que des choses utiles à la mère-patrie.

« Et maintenant j'ai adressé un dernier adieu à ces ombres majestueuses : Lycurgue, Léonidas, Agis, Pausanias, Cléombrote et tant d'autres que nous vénérons. Laissez-moi tourner les yeux vers l'avenir.

« J'aperçois des générations robustes et intelligentes. Elles se transmettent perpétuellement les sévères traditions des ancêtres et leurs grands sentiments qui ont fait de Sparte la reine de la Grèce et le flambeau du monde. »

Des applaudissements effroyables retentirent de toutes parts. Hippias, le front en sueur, le teint livide et le dos courbé, descendit péniblement du banc qui lui avait servi de tribune et sur lequel les assistants vinrent tout à tour déposer une modeste offrande.

Diogène méditait en regardant la vaste tête d'Hippias. Il pensait qu'autrefois, sous ce crâne luisant où flottaient encore quelques touffes blanches, s'étaient abritées des idées extraordinaires que personne n'applaudissait ni ne comprenait.

Quand la foule se fut retirée, Diogène s'approcha d'Hippias qui mettait sa recette dans un sac, et lui dit en riant :

« Maître, je te salue. Tu viens de faire un admirable discours. »

Hippias leva la tête et répondit, en clignant de l'œil :

« Jeune homme, je crois t'avoir déjà rencontré au Cynosarge. N'es-tu pas disciple de mon ami Antisthène ?

— En effet, maître, je suis Diogène. J'ai été le disciple du vieux Chien. Mais je l'ai quitté depuis un certain temps. »

Hippias reprit :

« Alors tu es content de mon discours. Du reste, j'en suis très satisfait moi-même. Il réussit partout. Je l'ai déjà prononcé quatre ou cinq fois ; il me suffit d'y changer quelques mots. Je célèbre, en Achaïe, la gloire immortelle des grands citoyens d'Ægion ; en Arcadie, celle des grands citoyens de Mégalopolis, et ainsi de suite.

— Ah ! fit Diogène avec déférence, tout à l'heure, tu n'étais donc pas sincère ?

— Fou ! s'écria Hippias, t'imagines-tu donc qu'il soit possible d'oublier les leçons de ces fiers sophistes qui démontraient le pour et le contre et réfutaient l'évidence ? Crois-tu que j'aie été pour rien le disciple de Prodicos qui niait les Dieux ; de Zénon d'Élée qui niait le Temps, l'Espace et le Mouvement ; de Protagoras qui niait la Vérité, les Lois et la Vertu ; de Gorgias de Léontini qui prétendait que rien n'était réel et qui le prouvait ? Non, non ! Mais je suis vieux et pauvre. Il faut que je gagne de l'argent sans trop me fatiguer. Au temps de ma jeunesse, j'aurais pris plaisir à réfuter immédiatement le discours que tu viens d'entendre ; mais, maintenant, je suis résolu à ne plus dire que la moitié de ce que je pense. Suivant l'occasion, j'affirme ou je nie simplement. Adieu, Diogène. »

Hippias s'en alla. Diogène fut sur le point de courir à sa poursuite pour lui emprunter deux ou trois drachmes ; mais il réfléchit que le vieux philosophe les refuserait, et il aima mieux ne pas s'exposer inutilement à un torrent d'injures.

Il se demanda ce qu'il allait faire, et, ne trouvant rien à se répondre, il s'étendit au pied d'un platane où il ne

tarda pas à s'endormir. Il rêva que Sparte était Athènes ;
qu'Antisthène était Hippias ; que toutes les villes étaient
laides et sales ; que tous les hommes étaient des fripons ;
et qu'il avait souvent, au clair de la lune, conduit la jeune
Ampélis sous les arbres du Céramique, pour y chercher
dans l'herbe les gentils lézards et les scarabées.

Quand Diogène s'éveilla, le soleil débouchait de l'horizon, l'air était frais et pur, la campagne resplendissait.
Il jugea qu'il connaissait suffisamment Sparte et sortit
de la ville.

CHAPITRE QUATRIÈME

I

Un jour, des gamins, qui se rendaient à l'école buis-
sonnière, aperçurent, discrètement rangé sous le portique
d'un temple, le tonneau de Diogène, ce logis trop large
mais un peu court, dans lequel le philosophe pénétrait les
pieds en avant lorsque le ciel resplendissait d'étoiles, et la
tête la première par les nuits pluvieuses.

« Ah ! fit remarquer le plus grand de la bande, voici
la niche du chien Diogène. Si nous l'emplissions d'ordures ?

— Non, répliqua vivement le plus petit, il vaut mieux
planter, autour, des clous dont la pointe dépassera inté-
rieurement.

— Oui, oui, c'est cela, Miltiade a raison, s'écrièrent en
chœur tous les jeunes enfants. Mais qui nous fournira les
clous et le marteau ?

— Je m'en charge, » fit d'un air entendu le petit
Miltiade en se mettant à courir.

Il alla tout droit chez son oncle qui était constructeur

de barques dans le quartier de Phalères et qui l'aimait de
tout cœur.

« Mon oncle, lui dit-il encore tout essoufflé, j'aurais bien
besoin de clous...

— Allons, repondit celui-ci, tu as envie de te blesser ? »
Mais Miltiade fit semblant de ne pas avoir entendu et
s'empara d'énormes pointes de fer.

Ensuite il ajouta :

« Mon oncle, j'aurais aussi bien besoin d'un marteau...

— Je ne t'en confierai plus, répondit le charpentier,
car tu as perdu celui que tu avais emporté pour casser des
noix dans les champs, lors des dernières Dionysiaques,
le jour de la fête Iobachée... Un marteau qui m'avait
coûté cinq drachmes !... Non, par Héraclès ! je ne t'en
confierai plus.

Oh ! mon oncle ! supplia l'enfant.

— Non, non, non ! Du reste, je ne veux pas que tu te
serves de ces dangereux outils. Vois dans quel état je me
suis mis la main hier, en heurtant une méchante petite
pointe... Et d'ailleurs, qu'est-ce que tu as imaginé de
faire ? »

Les joues du petit Miltiade étaient devenues rouges
comme des pommes d'api, et il ne répondit rien.

Alors l'oncle prit un air sévère :

« Je gage que tu as quelque mauvaise idée en tête ? »
L'enfant tenait les yeux baissés et se grattait l'oreille.

« Tu penses construire une boîte pour enfermer des
chats volés aux vieilles femmes ?... ou bien tu veux accro-
cher des chauve-souris, par les ailes, à la porte de quelque
usurier ? »

Miltiade se borna à remuer la tête, en signe de déné-
gation ;mais, au même moment, il vit que son oncle, fâché
pour tout de bon, allait le mettre à la porte. Il fit un effort
sur lui-même et dit d'une voix basse et rapide :

« Tu sais, en passant par là-bas, nous avons vu la niche
de Diogène. Alors nous avons pensé que ce chien allait
bientôt revenir. Alors Ævéon a dit qu'il fallait lui faire
une farce. Alors moi j'ai dit qu'il fallait garnir le tonneau
de clous. En arrangeant bien la paille, le Chien n'aperce-

vra pas les pointes. Et puis, il ne se couche qu'à la nuit. »

Le charpentier avait écouté en souriant :

« Ah ! le garnement ! fit-il... Tiens, voilà un marteau ; aies-en bien soin. Fais-moi voir les clous que tu as pris... Oh ! mais ils sont beaucoup trop courts et trop gros ! »

L'artisan alla vers un casier où il fouilla de sa main rude. Il tria une centaine de clous bien longs et affilés comme des dents de renard, et, les tendant à l'enfant, il ajouta :

« Prends ceux-là, petit. Ils ne feront pas éclater le bois ; surtout enfonce-les bien droit. »

Miltiade, radieux, parti à toutes jambes. Son oncle le suivit quelque temps du regard ; puis il rentra dans l'atelier où travaillaient deux vieux esclaves dépréciés.

Comme il était de joyeuse humeur, il leur raconta le bon tour qui se préparait ; et son récit fit rire à gorge déployée les deux nègres, ainsi qu'ils riaient autrefois en Éthiopie.

II

Cependant, sur la place au milieu de laquelle s'élevait le temple de Cybèle, le grand Ævéon dirigeait les préparatifs.

D'abord, on avait couché le tonneau sur le flanc ; on l'avait roulé le long du portique jusqu'à l'escalier de marbre ; mais au bord de la première marche, il s'était échappé des mains qui le tenaient et, par trois bonds, il avait sauté sur le sol en grondant. Là, les enfants lui prirent tout ce qu'il possédait : des croûtes de pain et des petits morceaux de laine qui devaient provenir des trous d'un manteau.

Et tandis que ce grotesque corps de bois enfonçait son large ventre dans le sable, la troupe joyeuse se mit à danser autour de lui, en criant à tue-tête une chanson populaire de l'époque qui n'avait aucun sens.

On aperçut enfin Miltiade qui accourait de toute la vigueur de ses petites jambes. Il arriva vite. Le grand

Ævéon, à cheval sur le tonneau, se fit remettre le marteau avec une poignée de clous et commença à frapper d'une manière rententissante.

« Assez ! assez ! s'exclamèrent tous les gamins, quand il eut planté le dixième clou dans toute la longueur d'une douve.

— Soyez tranquilles, répondit Ævéon avec autorité, il y en aura partout... même dans le fond. Le Chien aura un beau collier de force. »

Les impatients de la bande poussaient déjà le tonneau pour lui faire montrer une nouvelle place où vinssent plonger les dards de fer.

Ævéon, voulant se cramponner, étendit les mains comme s'il cherchait une crinière ; mais ses ongles glissèrent sur les lattes, et le tonneau l'envoya rouler dans le sable, ainsi qu'un bœuf couché dans la prairie jette parmi les herbes, d'un mouvement de sa puissante échine, un jeune chien qui le tourmente.

Ævéon se releva en maugréant, au milieu de bruyants éclats de rire. Car la foule déjà s'était assemblée, et les curieux se retrouvaient à ce rendez-vous qu'ils ne s'étaient pas donné. Vraiment on dirait que, dans les villes, les gens oisifs devinent où sont les spectacles, ainsi que les mouches volent d'instinct vers les cadavres et les fleurs.

Les assistants s'intéressaient aux efforts des gamins, et bien que quelques-uns d'entre eux ne comprissent pas nettement ce qui se passait, néanmoins tout le monde s'amusait réellement.

Ævéon, que sa chute et les plaisanteries des autres avaient mis de mauvaise humeur, ne voulut plus s'occuper de rien. Alors un jeune homme, qui s'était arrêté parmi les spectateurs, se chargea d'achever la tâche, et planta les clous d'une manière assez habile pour dessiner, avec leurs têtes, des poignards et des glaives. Cet artiste de bonne volonté se nommait Apelle ; c'était un élève du peintre Pamphile, venu de Sicyone pour étudier les chefs-d'œuvre de l'art athénien.

Sur ces entrefaites, l'oncle de Miltiade arriva. Il avait fermé son atelier plus tôt que de coutume, afin de venir un peu voir où les choses en étaient. Il apportait un sac de clous quadrangulaires qu'il avait trouvés dans un coin de sa cave, où il s'était rappelé vaguement les avoir autrefois déposés.

En jouant des coudes, il parvint au premier rang, et, après un rapide examen, il se mit à l'œuvre, lançant à toute volée son marteau habituel dont il s'était chargé, avec l'air grave d'un vieux charpentier qui se livre aux exercices de sa profession. Quand il eut vidé son sac, il s'accroupit devant l'orifice du tonneau, et là, frappant à l'intérieur de tous les côtés, il enchevêtra les clous, les croisa, les tordit, à gauche, à droite, en haut, en bas, partout où son bras pouvait atteindre.

Lorsqu'il se recula, le tonneau avait perdu son aspect réjouissant et débonnaire. C'était désormais un animal féroce brutalement excité, un monstre fantastique qui ouvrait une large gueule mauvaise, à plusieurs mâchoires armées de mille dents épouvantables.

III

La foule avait grossi lentement, comme en un jour de fête ou d'émeute.

Un grand brouhaha s'élevait de la place envahie. Les curieux qui se pressaient dans les rues adjacentes demandaient ce qui était arrivé, et les bruits les plus contradictoires circulaient dans les groupes.

« C'est un discours, disaient les uns ; — c'est un cheval mort, soutenaient les autres ; — c'est un sacrilège... — ce sont des singes et des baladins. » Des chiens perdus couraient en tous sens, effarés et muets. Les hommes et les femmes se donnaient des poussées rudes, sans ménagement ni colère. Des enfants, portés dans les bras, criaient.

La foule augmentait sans cesse, avec une forte rumeur. Les exclamations et les appels, lancés à pleins poumons, passaient sur des centaines de têtes, allant au loin, ainsi que des mouettes glissent sur les vagues innombrables, avant l'orage. Des hommes du peuple qui portaient des viandes rouges sur leurs épaules nues, sifflaient, avec deux de leurs doigts, des notes stridentes. Une poussière épaisse s'élevait en brillant, dans le soleil.

Tout à coup, une voix tonna : « A la mer ! » Ce fut une révélation. Cinq ou six mille personnes se mirent à hurler sans trève, comme si elles fussent venues pour cela : « A la mer !... A la mer !... »

Les curieux de la première heure, les initiés, essayèrent de parlementer. On faillit les mettre en pièces, dans l'élan général. Sur la place, on s'écrasa jusqu'à ce qu'une trouée fût faite. Alors le tonneau, tournant comme une vrille formidablement emmanchée, pénétra dans la cohue. Il traversa des jardins et des places, une suite de quartiers, puis, s'enfonçant dans toute la longueur d'une rue droite, il vint se précipiter dans le Céphise.

La foule s'étendit rapidement sur la rive, curieuse de savoir pourquoi elle avait ainsi crié et couru.

Elle aperçut avec stupeur un tonneau de grandeur ordinaire qui prenait lentement le fil de l'eau, pendant que des énergumènes, longeant la berge, lui jetaient des pierres qui coulaient bas, sans l'atteindre.

Elle accompagna machinalement cette épave insolite qui s'en allait, avec un petit balancement, jusqu'à l'embouchure du fleuve.

Là, les citoyens d'Athènes, avant de retourner à leurs affaires urgentes, s'arrêtèrent un instant, pour rien, sans même avoir eu l'idée de rire.

Et devant leurs yeux le simple tonneau, tout paisible et débarrassé des hommes, partit sur les flots immenses où passent à tire-d'aile les navires aux voiles blanches et où le ciel se baigne à l'horizon.

CHAPITRE CINQUIÈME

I

Cependant Diogène avait, de son côté, repris le chemin d'Athènes. En s'éloignant du petit bourg de Sellasie, il n'avait plus reconnu sa route et s'était vu contraint de demander quelque renseignement.

Le premier passant qu'il avait consulté s'était empressé de lui indiquer un sentier dans l'est ; un second passant s'était contenté de lui montrer du doigt un bois dont le sombre profil se perdait à l'ouest, dans la brume.

Le Cynique, sans remarquer leurs réponses, avait persisté à marcher droit devant lui, à tout hasard. Bien lui en avait pris, car il avait revu Tégée, plus tard la ville d'Argos et Mycènes.

Lorsqu'il rentra dans sa patrie d'adoption, il ne trouva pas que de grands changements s'y fussent accomplis.

Il vint présenter ses devoirs à Antisthène, qui le reçut froidement. Il ne manqua pas de faire visite, vers l'heure du repas, au brave Milas, qui s'était remarié et qui le congédia d'une manière rapide. Enfin Diogène alla voir ses amis Phérécrate et Olympiodore, ainsi qu'un chien de forte taille qu'il connaissait, dans le quartier de Mélitte.

En passant devant la demeure de Platon, il remarqua, sur le vestibule, l'inscription suivante :

« Que nul n'entre ici sans savoir la géométrie. »

Cela fit ricaner Diogène qui méprisait également les mathématiques, l'astrologie et la musique. Il demanda à voir le célèbre philosophe ; un esclave lui répondit qu'il était alors à Syracuse, auprès du roi Denys. Diogène n'insista pas ; mais il alla conter partout que Platon se faisait entretenir par un tyran.

Aussi, lorsque ce dernier revint de Sicile, un ami commun lui ayant immédiatement révélé les propos de Diogène, il alla se promener dans l'Agora où il vit le Cynique modestement occupé à préparer son repas. Il se pencha à son oreille et lui dit tout bas :

« Si tu avais fait ta cour à Denys, tu ne serais pas réduit à éplucher des herbes...

— Et toi, cria de toutes ses forces Diogène, si tu avais épluché des herbes, tu n'aurais pas fait ta cour à Denys ! »

La foule s'ameuta subitement, et Platon dut s'esquiver, poursuivi par les invectives d'un peuple libre.

Diogène ayant rencontré Apémante, le seul ami de Timon, lui en demanda des nouvelles.

« Hélas ! répondit Apémante, ne sais-tu donc pas que ce gueux est mort ? »

Et, voyant Diogène tout surpris, Apémante continua :

« Figure-toi qu'il y a quinze jours, des petits pâtres qui conduisaient, dès l'aube, leurs brebis sur la pente de l'Hymette, entendirent de grands éclats de rire qui se répercutaient dans la montagne... Les enfants, ayant très peur, s'enfuirent. Pendant quatre jours, on entendit, du pied de l'Hymette, retentir les accents d'une joie sonore qui semblait être celle d'un dieu. Les prêtres ordonnèrent des offrandes et prédirent des événements terribles.

« Enfin le cinquième jour, comme la montagne était redevenue silencieuse, quelques curieux se hasardèrent à la gravir. Ils arrivèrent bientôt devant un châtaignier, au tronc duquel Timon était adossé. Le Misanthrope s'était brisé la jambe droite en tombant de l'arbre, et il était mort, sans doute de fièvre ou peut-être parce que ses loups avaient commencé à le manger.

— Voilà un événement bien tragique, dit Diogène ; et qu'a-t-on fait du cadavre ? »

Apémante répondit :

« On l'a enterré près de la mer, à Halès ; et on a mis sur sa tombe l'épitaphe qu'il s'était composée : « Passant, ici gît un corps dont tu n'as pas besoin de connaître le nom. Puisses-tu avoir une fin misérable ! » Quelques jours après, le terrain du rivage s'est éboulé, et les flots ont entouré le sépulcre, comme pour le rendre inaccessible aux hommes, »

II

Cependant Diogène s'occupa de sa réinstallation. Pour l'indemniser de la perte de sa pauvre demeure, quelques braves gens du Pirée imaginèrent d'ouvrir une souscription, où l'on recevait les dons en argent et en nature.

Les Athéniens se montrèrent généreux. Ils aimaient beaucoup Diogène, tout en étant un peu jaloux de son sort ; car le Cynique vivait insouciant et joyeux, libre d'attaches, sans serviteurs, ni femme ni petits enfants.

Les dons en argent montèrent à huit cents drachmes ; mais, par suite de circonstances, cette somme ne fut jamais remise à Diogène. Les dons en nature furent très nombreux. Il arriva trois peaux d'ours, six manteaux, cent cinquante œufs de poule, une grande tonne d'huile en terre grise et vingt outres couvertes de poils de chèvre, pleines de blé et de haricots.

Pour sa part, Diogène obtint un beau manteau vert, plus la tonne en terre grise que les braves gens du Pirée vidèrent dans leurs bonnes cruches, jusqu'à la dernière goutte, afin d'en faire un logis bien sec.

Alors Diogène, revenu sous le portique de Cybèle, la Grande Mère, fonda brusquement un système de philosophie sans avenir : celui de la Tranquillité. Etait-ce même un système ? Voilà bien la première chose dont Diogène ne s'occupa point. Mais il aurait pu sans doute poser solidement son temple sur des principes, le charpenter avec des raisons hautes et le couvrir de quelque majestueuse théorie formant fronton.

Dans son livre intitulé « Mégarique », Théophraste rapportait que Diogène avait pris son idée d'une petite souris qu'il avait vue courir.

Quoiqu'on doive en penser, il y eut un remarquable émoi dans la ville lorsque se répandit cette rumeur : « Diogène ouvre une école où il enseigne une doctrine nouvelle. » Car, ainsi qu'il est dit aux Actes des Apôtres : « Les Athéniens et les étrangers qui demeuraient à Athènes ne passaient tout leur temps qu'à dire et à entendre dire quelque chose de nouveau. »

Aussi Diogène, qui restait pendant les heures de soleil au Pompéion, se vit-il bientôt entouré d'une foule sympathique. Il laissa les gens faire sans rien dire ; et, pendant deux mois entiers, un monde intelligent et curieux vint se ranger sous les yeux du philosophe qui l'examinait d'un regard circulaire ou n'y prenait garde, se causant à lui-même, dormant, lavant son manteau, faisant sa cuisine ou s'éloignant d'un air grave.

Vers le troisième mois, lorsqu'une centaine de personnes tenaces se trouvèrent assemblées sur la place, Diogène s'assit par terre, croisa lentement ses jambes et prit la parole en ces termes :

« O hommes athéniens, je vais vous enseigner la sagesse.

« Contre votre bonheur, deux ennemis conspirent : d'abord vous-mêmes, ensuite tout le reste. Avec vous-mêmes, le mieux est d'agir comme vous l'entendez. Quant au reste, dans les rapports auxquels vous êtes soumis avec les individus, les lois et les forces naturelles, il faut vous comporter ainsi qu'il vous est possible.

« Maintenant je vous quitte pour aller chercher au bois les champignons nécessaires à mon repas du soir, ô hommes athéniens. »

Diogène se leva et traversa la foule.

Un auditeur, qui le trouvait trop fier, lui cria :

« Je demande moins d'insolence à un homme pendu en effigie.

— Misérable, lui répondit avec calme Diogène, c'est ce qui m'a rendu philosophe. »

Un cabaretier reprit, pour faire l'important :

« Ceux de Sinope t'ont chassé de leur pays.

— C'est vrai, répliqua Diogène ; moi, je les y ai laissés. »

Et, drapé comme un empereur dans son manteau vert d'où sortaient ses grandes jambes nues, il regarda fixement l'auditoire où les uns vociférèrent, où les autres applaudirent : ainsi qu'il y a toujours des gens satisfaits et des mécontents.

De ce jour, Diogène se livra paisiblement à toutes les excentricités, dans la belle Athènes, n'ayant souci ni des mœurs ni du texte des lois.

Il ne s'imposait aucune contrainte et quelquefois il se promenait nu, pendant les grandes chaleurs, en faisant des gestes indécents.

Cela ne devait le mener à aucune position sérieuse.

Se trouvant sur un vaisseau qui allait à Egine, il fut pris par des corsaires dont Scirpalos était le chef, et qui exerçaient, au péril de leur vie, ce métier courageux et dur de ravir les biens et la liberté des autres.

Par leurs soins, Diogène fut conduit en Crète, l'île bienheureuse des archers doriens, pour être exposé dans un bazar d'esclaves.

III

Dans la ville de Cnosse, où régna le divin Minos, il existe un grand marché de femmes et d'hommes.

Vers la douzième heure du jour, les marchands sortant de la voûte qui précède la cour ronde, amènent leurs esclaves et les poussent à la base des colonnes en marbre noir.

Voici, sur le premier rang, les beaux garçons d'Egypte, les eunuques à la peau douce, les bouffons, les filles d'Asie et les joueuses de harpe. On a rangé derrière ces esclaves de luxe, dont les pieds sont blanchis à la craie pour indiquer qu'ils n'ont pas encore servi, des nègres aux cheveux crépus et de lourds athlètes.

Dans le fond, on aperçoit encore quelques individus coiffés d'un bonnet et par suite vendus sans garantie. Ce sont des esclaves âgés ou vicieux : les uns marqués au front du fer rouge ; les autres à l'oreille, d'un coup de rasoir. Et puis des femmes enceintes et des petits enfants.

Déjà les enchères viennent de s'ouvrir et les acheteurs s'empressent autour de la plate-forme, sur laquelle on fait successivement monter les esclaves, pendant que les jeunes fils de famille circulent, en devisant, sous la colonnade.

Le crieur lit, de sa grosse voix, la tablette suspendue au cou de chaque sujet :

« Pyrias — né en Bithynie — n'est pas enclin au vol, ni à la fuite, ni au suicide : — au prix de trois mines.

« Zopyrion — d'origine inconnue — sujet à l'épilepsie — caractère doux : — deux cents drachmes.

« Thratta — femme de vingt-cinq ans — née en Thrace — garantie féconde — bonne prostituée — manquent deux dents — à vendre : sept mines.

« Tibios — Paphlagonien très robuste — connaît la grammaire et la poésie — ivrogne — nage bien — occasion : cinq mines.

« Sacas — joli Mède âgé de seize ans — bien épilé : quinze mines ; — tout châtré : vingt mines. »

Diogène assis sur la marche d'un escalier, soutenant sa tête dans la paume de ses mains, vêtu de son manteau vert dont la brise marine a fortement altéré la couleur, regarde avec intérêt ce spectacle dégradant et nouveau. Il pense à bien des choses : au beau temps qu'il fait, aux charmes de l'oisiveté, à ses amis d'Athènes.

Comme Platon, comme Antisthène s'amuseraient tout à l'heure s'ils étaient là pour assister à sa vente ! Au fait qu'est-ce qu'il va bien pouvoir coûter ? Sans doute moins qu'une vierge, qu'un eunuque, qu'un jardinier, moins que rien : la valeur d'un philosophe. Qui sait cependant ? Il pourrait convenir à un amateur, curieux de compléter une collection de philosophes n'ayant pas réussi. Lui Cynique, à côté de l'Erétrien, de l'Olympique ou du Philalète, prendrait rang et serait d'un bon usage pour discuter avec les fournisseurs, amener des courtisanes et chasser les mendiants !

Enfin, voici le tour de Diogène venu. Un de ses maîtres le pousse d'une matière brutale sur le socle des enchères. Le crieur lui arrache son manteau, mettant à nu son buste puissant, ses larges épaules, ses cuisses maigres et musculeuses.

« Que sais-tu faire ? demande un fabricant d'épées.

— Mépriser les hommes pour te servir », répond Diogène en s'asseyant négligemment sur la pierre.

Mais d'un coup de fouet Scirpalos le fait relever.

« Crieur, reprend le philosophe, appelle ce gros homme qui a sur sa veste une si belle bordure ; il doit avoir besoin d'un maître. »

Et Diogène désigne, en parlant ainsi, Xéniade, célèbre marchand de Corinthe. Celui-ci s'approche en souriant.

« Achète-moi donc, dit Diogène ; je t'assure que tu me plais. »

Un rude cultivateur, qui a besoin d'un homme alerte pour tourner un manège, met quelques enchères ; et c'est bien trois mines que doit payer le Corinthien Xéniade pour emmener Diogène dans sa ville.

Ce dernier reprend, avec un mouvement de plaisir, son vêtement et sa besace usée, dans laquelle les pirates n'ont pas soupçonné la présence d'une timbale d'argent aux profondes ciselures.

L'esclavage est encore ce qu'on a trouvé de plus charitable à offrir aux gueux.

En échange du simulacre de liberté qu'ils perdent, ils acquièrent la certitude d'obtenir une alimentation suffisante. d'être soignés en cas de maladie.

Accouplés pour la reproduction à des créatures saines, ils n'ont pas l'entretien des enfants qu'ils font, ni la charge de leurs vieux parents. Ils peuvent rester crasseux, s'enivrer du vin de Leucade mêlé de plâtre, devenir sourds et se livrer à des actes immondes, sans compromettre leur situation.

IV

Sur le port de Cenchrée, à soixante-dix stades de Corinthe, Xéniade habitait un palais renommé pour ses péristyles et ses vestibules.

Il y vivait des jours heureux, dans une atmosphère tiède, auprès de son épouse Musarie et de ses enfants.

Xéniade était le type parfait de l'homme qui dirige une industrie prospère, jouit d'une bonne santé, possède une famille nombreuse et de beaux appartements.

Le lendemain de son retour de Cnosse, en se promenant seul, à quelque distance de sa demeure presque royale, il aperçut Diogène qui se roulait au soleil, dans le sable chaud de la plage.

Lui ayant fait signe d'approcher :

« Quel est ton nom ? » dit-il.

Le philosophe répondit :

« Diogène de Sinope, Diogène ou simplement Chien. »

Xéniade lui ayant ensuite demandé ce qu'il savait faire, le Cynique ne tarda pas à lui inspirer, par la forme de ses réponses, une haute idée de la vigueur de son esprit.

« J'ai deux fils, lui déclara son maître avec bienveillance, dont je ne puis rien obtenir. Dinias et Charmide sont deux jumeaux de dix-sept ans : perles d'élégance et de prodigalité, ils n'entendent encore que monter à cheval, dresser les meutes de lévriers et chasser le renard. Veux-tu te charger de compléter l'éducation de mes deux enfants ? Je souhaiterais qu'ils apprissent la science mathématique, les dialectes, la musique, la peinture, les prodiges fabuleux, l'histoire, la thérapeutique et une foule de sciences dont j'ignore les noms. »

Diogène accepta cette proposition.

Dans l'espace de trois ans, il enseigna à ses élèves l'art de parler peu, de payer les services au juste prix, de ne point prêter d'argent, de partager l'avis des plus forts, et de mentir en principe ; car il est toujours facile, si quelque avantage en résulte, de rétablir la vérité.

Quand ce temps fut accompli, Diogène alla trouver un soir Xéniade, qui était sur le point de s'endormir, et lui dit :

« J'ai fait, pour l'éducation de Dinias et de Charmide, mieux que tu ne m'avais demandé.

— Bon ! murmura le Corinthien en bâillant. Pour récompense, je t'accorde la liberté. Tu peux rester ici, vieillir oisif dans ma demeure, et lorsque tu mourras, on aura soin de ta sépulture. »

Mais le Cynique avait appris à connaître la valeur des promesses et ne s'y attachait point ; il appréciait aussi l'importance des formalités.

Après avoir importuné son maître jusqu'à ce que celui-ci lui eût remis, sur une tablette, l'acte d'affranchissement, Diogène se rendit chez un héraut pour l'inviter à lire cette déclaration, dès le lendemain, dans les temples. Afin d'encourager le fonctionnaire à accomplir ponctuellement son devoir, il lui donna l'assurance, à tout hasard, que Xéniade le récompenserait bien.

Puis il regagna directement l'écurie qu'il habitait, dépouilla la tunique et les chaussures qu'il devait à la générosité de son maître et les posa proprement dans un coin. Ensuite il ouvrit un grand coffre qui contenait la provision des chevaux ; en y fouillant de toute la longueur de son bras, il retrouva son bâton, sa besace, son vieux manteau et sa timbale d'argent. La cachette d'ailleurs était choisie et sûre ; car les cochers de Xéniade, qui, toutes les semaines, faisaient payer à leur maître une pleine fourniture d'avoine, se gardaient bien de vider le récipient jusqu'au fond.

Diogène, ayant repris les insignes de son indépendance, s'éloigna dans la ville.

La nuit était bleue, et des brusques aboiements des chiens traversaient le vaste silence dans toute sa largeur.

CHAPITRE SIXIÈME

I

Dans Corinthe, prévalait le culte de la douce Cypris. Les hommes étaient vigoureux, les femmes belles et les lois indulgentes. Il en résultait beaucoup de volupté.

Quiconque voulait mener à bien son entreprise promettait à la puissante Aphrodite de lui offrir un certain nombre de petites filles qu'on allait acheter un peu partout, dans les familles pauvres, et qui devenaient en quelque temps d'excellentes hétaïres.

En l'an II de la 103ᵉ Olympiade, il n'était bruit, dans toute la Grèce, que d'une Corinthienne nommée Laïs, fille ingénieuse et jolie qui avait déjà satisfait un grand nombre d'amants et ruiné beaucoup d'hommes riches. Aussi était-elle fréquentée par les personnages de distinction.

Elle se montrait vicieuse, ce qui lui valait la sympathie des gens spirituels ; elle était généreuse, et s'était fait ainsi beaucoup d'ennemis.

Un certain Epicrate, poète assez mince, qui avait reçu d'elle un secours d'argent et qui ne le lui avait jamais pardonné, venait de composer une méchante comédie : l'Anti-Laïs.

Un philosophe aimable, Aristippe le Cyrénéen, avait répliqué par une étude intitulée : « Laïs et son miroir », qui avait fait sensation.

L'héroïne de ces ouvrages tenait donc une énorme petite place dans la vie corinthienne. C'était la frivolité ravissante et détestable qui ennuyait tout le monde, d'une charmante façon.

Vêtue d'une éclatante tunique blanche qui dessinait ses formes, depuis la pointe des seins jusqu'aux talons chaussés d'or, elle passait habituellement ses journées dans l'Amphithalamos, où des lits, dressés en manière d'estrades, offraient une pose douce à ses compagnes qui venaient perpétuellement la visiter et tenir propos sur les ajustements, dépenses, indispositions, rivalités et toutes choses féminines.

Comme la plupart des amoureuses de profession, Laïs était lente à s'éveiller et surtout à s'endormir.

Le soir elle se plaisait à bavarder sur les phénomènes de la vie courante, avec les débauchés étendus sur sa couche, lorsque ceux-ci lui étaient connus.

Une fois, en devisant de la sorte, elle entra en querelle avec un opulent patron de navires phéniciens. C'était un avare toujours préoccupé de défendre l'intégrité de sa fortune qu'il avait acquise, petit à petit, par un travail opiniâtre.

Laïs, pour la seule joie de l'éblouir, lui racontait les merveilles de son luxe et les dépenses fabuleuses de son train de maison. Mais l'ancien navigateur sentit un danger, ainsi qu'il sentait venir jadis les vents Étésiens. Alors il recourut à des plaisanteries lourdes sur la prodigalité des femmes entretenues, et finit par dire assez insolemment à sa compagne qu'elle s'était toujours livrée par l'appât du gain.

Profondément indignée de ce légitime reproche de vénalité, Laïs résolut de prendre sa revanche avant l'aurore.

Quand l'autre fut plongé dans un profond sommeil, elle appela l'esclave phrygienne qui se tenait toujours à portée de sa voix, et la chargea d'aller quérir, par les rues de Corinthe, le plus misérable vagabond qu'elle apercevrait.

Peu de temps après, quelqu'un était introduit dans un salon de l'hétaïre corinthienne. C'était Diogène, que la jeune négresse avait trouvé dormant à ciel ouvert pour jeter sa libération.

Il s'avança tranquillement dans la pièce, posant avec plaisir ses pieds nus sur les tapis babyloniens où s'entrelaçaient des fleurs bizarres et des animaux fantastiques.

Il étendit le grand bâton dont il était muni sur une table d'ivoire, au milieu des coupes et des fragiles amphores ; il accrocha sa besace à un trépied de bronze et s'assit nonchalamment dans un grand fauteuil qui avait pour bras deux sphinx.

Il regarda entrer Laïs d'un œil qui ne s'étonnait plus et, sans exiger d'explication, la vengea sommairement.

C'est ainsi que Diogène le Chien fit connaissance de la courtisane Laïs.

II

Par un merveilleux concours de circonstances, le Cynique fut bientôt à même d'agir en maître dans cette maison où le hasard l'avait amené.

De fait, Laïs eut un caprice très vif pour lui ; et ce sentiment fit place dans la suite à une solide amitié.

Mais Diogène était un garçon d'une humeur singulière. Sans raisons apparentes, il se lassa de manger le pain d'une prostituée et de finir, en sa compagnie, des nuits commencées par elle avec des gens qu'il méprisait.

« Laïs, dit-il un matin, je vais retourner à Athènes. Il est probable que je n'aurai pas de peine à t'oublier ; mais, en ce moment, je me rappelle bien toutes les joies que tu m'as fait goûter et je t'en remercie. Je voudrais, en outre, pouvoir te donner de l'argent ; mais j'en suis complètement dépourvu. Du moins, je te prie d'accepter ce petit souvenir... »

Et Diogène tendit sa précieuse timbale d'argent à la jeune femme, qui n'avait pas envie de rire ni de pleurer.

Il s'en alla d'un pas égal et rencontra, près de la porte, le beau chien de garde qui lui fit fête.

Profitant de sa distraction, Diogène lui déroba son écuelle et la jeta lestement dans la besace qu'il portait sur le dos.

CHAPITRE SEPTIÈME

I

Au commencement de l'an 365, Diogène était revenu habiter sous les colonnes du temple de Cybèle.

Ayant repris, chez Xéniade et Laïs, l'habitude du luxe et du bien-être, il adopta deux résidences comme le grand roi Darios.

Dès les premières chaleurs, Diogène partait pour Corinthe, en faisant rouler devant lui sa vieille tonne en terre grise qu'il lui suffisait d'inonder d'eau pendant les ardeurs de la température pour y trouver la fraîcheur.

Il retournait passer l'hiver à Athènes, où il garnissait sa demeure avec des chiffons moelleux.

C'est alternativement dans ces villes qu'il instruisait ses disciples : Monime, un ancien domestique ; le riche Cratès ; Ménandre, qui admirait Homère ; Hégésée de Sinope ; l'historiographe Anaximène de Lampsaque et Philiscos d'Egine.

Le Cynique vieillit peu à peu, au milieu de cet entourage d'hommes modestes et sans préjugés. Sa longue barbe et ses cheveux blanchirent ; mais il ne cessa pas d'enseigner ses préceptes favoris :

« Les choses et les personnes devaient être communes ; la noblesse et la gloire n'avaient que de vaines apparences.

« Il n'était pas déraisonnable de manger de la chair

humaine, ni intéressant de rechercher si les dieux existaient ou non.

« Les femmes avaient des formes déshonnêtes ; les orateurs mentaient effrontément.

« Les philosophes Chiens devaient caresser ceux qui leur donnaient quelque chose et aboyer après ceux qui ne leur offraient rien. »

Diogène avait conservé, en outre, des façons particulières de se comporter.

Si on le quittait pendant qu'il parlait encore, il ne laissait pas que d'achever sa phrase.

Lorsqu'il avait envie de rendre publique une pensée, il annonçait une harangue. Souvent les promeneurs continuaient indifféremment leur chemin. Alors Diogène se mettait à chanter quelque complainte lamentable ; et, dès qu'il avait réussi à former un attroupement, il s'en allait en haussant les épaules avec mépris et en disant :

« Pourtant j'aurais parlé juste et j'ai chanté faux. »

Quand on lui rapportait que des gens fats et sans intelligence l'avaient plaisanté, il répondait, après réflexion :

« Je ne m'en tiens pas pour moqué. »

Il déblatérait, d'une voix affaiblie par l'âge, contre les passants, les célibataires, les époux, la fortune, les tireurs d'arc, les fonctions naturelles et le reste.

Il faisait des traits d'esprit :

Voyant, aux thermes, un jeune garçon qui avait la réputation de dérober les vêtements, Diogène lui demanda s'il était venu pour prendre un bain ou simplement des habits. Quelqu'un l'ayant heurté d'une poutre en lui disant, trop tard selon la coutume : « Prends garde ! » il lui donna un coup de son bâton taillé dans un olivier franc, en s'écriant : « Prends garde, toi-même. »

Pour éprouver l'affection d'un ami, il le pria de porter un demi-fromage à une distance de cinquante pas. L'autre croyant à une pure plaisanterie, se fâcha furieusement ; et Diogène lui dit avec mélancolie :

« Un demi-fromage a rompu notre amitié. »

Le Cynique employa de la sorte trente ans de sa vie. Il atteignait sa soixante-dix-septième année, lorsqu'il entra en rapport avec Alexandre de Macédoine.

II

Alexandre le Grand, ainsi que les autres hommes, était doué de bons et mauvais penchants.

A la vérité, il tua son compagnon Clitos dans un repas ; mais son désespoir fut tel qu'il renonça, pendant quelques jours, à l'ivrognerie.

Assez dédaigneux des usages, il ne commanda pas de crever les yeux de trois mille barbares qui s'étaient livrés à sa merci, après la bataille du Granique.

Lorsqu'il eut fait mutiler et mettre à mort Callisthène, dont la hardiesse était insupportable, il donna les instructions nécessaires pour qu'on exposât le corps à la curiosité des gens que ces sortes de spectacles intéressent.

Enfin il perça lui-même d'une sarisse Oxyante fils d'Aboulitès, parce que c'était un mauvais satrape.

Il importe de connaître ces particularités d'un cœur magnanime pour trouver vraisemblable l'anectode qui suit, bien que les circonstances en aient été popularisées.

En l'an 365, les Grecs, assemblés à l'isthme de Corinthe, venaient de confier à Alexandre les fonctions de généralissime.

Le roi de Macédoine étant venu se promener, vers la tombée du jour, dans le Cranion, suivi d'une foule nombreuse, écoutait, avec un sourire d'encouragement, un projet grandiose que lui exposait l'achitecte Stasicrate :

« J'ai trouvé, disait avec feu cet artiste, que tu ressemblais au mont Athos. En y retranchant un peu, j'en ferai ta statue inébranlable. Tu poseras les pieds sur le rivage de la mer ; tu tiendras, dans la main gauche, une ville de dix mille habitants ; et, sous ton bras droit. une urne penchée versera un fleuve dans la plaine. Tu auras pour chevelure des forêts peignées par les vents...

— Quel est cet homme sordide, interrompit Alexandre, qui ne se lève pas à mon approche ?... »

Et il désignait du doigt Diogène, réinstallé de la veille à Corinthe, qui se reposait, dans sa tonne, des fatigues du voyage.

Puis, sans attendre de réponse, le général en chef des Grecs s'avança vers le vieux philosophe qui ouvrit un œil.

« Je suis, dit-il, le grand monarque Alexandre !

— Moi, répliqua l'autre, je suis Diogène le Chien. »

Alexandre avait entendu parler des singularités de son interlocuteur ; il avait même conçu pour lui une certaine sympathie et lui en offrit la preuve.

« Que puis-je faire pour toi ? » demanda le futur conquérant de l'Asie, avec majesté.

Le Cynique s'agitait depuis un instant, dans son tonneau, comme un homme qui ne se trouve pas bien tel qu'il est placé. Quand il fut assez réveillé pour apprécier la cause de son malaise :

« Retire-toi de mon soleil, » répondit-il en montrant l'horizon.

Alexandre, un peu décontenancé d'abord, ne tarda pas à se remettre et à se retirer en déclarant que s'il n'avait pas été Alexandre, il aurait voulu être Diogène.

Au reste, ce propos ne l'engageait pas à grand'chose.

III

Après cette aventure, le Cynique vécut encore onze ans. Mais l'extrême vieillesse lui avait donné une humeur sombre et pénible à supporter. Il ne se décidait plus à parler que lorsqu'il était seul. Il restait chez lui durant des journées entières, immobile et couché sur le ventre.

Il mourut à Corinthe, dans le cours de la première année de la 114e Olympiade ; et les causes de sa mort sont diversement rapportées.

Les uns prétendent qu'il succomba à un épanchement de bile, causé par un pied de bœuf cru qu'il avait mangé. D'autres soutiennent qu'il termina son existence en retenant son haleine.

On dit encore que, voulant partager un polype à des chiens, il fut tellement mordu par un de ces animaux à un nerf du talon qu'il en rendit l'âme.

Ses disciples étant venus le voir un matin, selon leur coutume, le trouvèrent enveloppé dans son manteau. Après une longue attente, étonnés de la rigidité de son corps, ils découvrirent leur vieux maître ; et le trouvant expiré, ils supposèrent que c'était volontairement, par un désir de sortir de la vie.

Il y eut une dispute entre les disciples pour savoir qui l'ensevelirait ; et même ils en vinrent aux mains, afin de se mettre d'accord.

Enfin Diogène fut enterré près de la porte qui conduisait à l'Isthme.

On mit sur sa tombe un chien en pierre de Paros.

Attentat à la pudeur

Un de mes premiers empressements lorsque j'eus revêtu la robe de stagiaire, fut d'en profiter pour assister à une audience de huis-clos.

Dans la grande salle de la Cour d'assises, où l'appareil de la justice donne impassiblement la question à des âmes humaines, nous étions une dizaine d'avocats, vieux ou jeunes, en apparence graves et sceptiques, au fond agités par les caprices de l'attente obscène qui sèche un peu la langue et met une lueur spéciale sous la paupière des plus hypocrites.

Sur le banc d'infamie était assis, largement, un gros homme d'une soixantaine d'années, chauve, avec des moustaches blanches, de bonnes joues roses et des yeux bleus très doux, à fleur de tête : M. Laquoix, maître d'une petite fabrique de produits chimiques.

Lorsque j'arrivai, l'affaire était fort avancée. L'interrogatoire de l'accusé, la déposition des témoins avaient fait leur œuvre ; le réquisitoire commençait. Néanmoins, je fus vite au courant des faits.

M. Laquoix avait, trois mois auparavant, conduit dans une chambre d'un hôtel meublé de Pantin, une enfant de douze ans, fille de son contre-maître, fille unique, ainsi que le répéta plusieurs fois l'organe du ministère public. Mais la providence des vieillards débauchés ne lui avait accordé que cinq minutes de bon temps. La propriétaire du garni, habituée à ne favoriser que les ébats de couples mieux assortis, s'était avisée de venir soudain cogner à la porte. M. Laquoix avait ouvert, tout vêtu, tout rouge, et, pris de peur, s'était enfui, abandonnant sa jeune compagne, toute vêtue encore, toute rouge aussi.

La victime, ou plutôt la pseudo-victime, était là, assistant aux débats sans paraître les écouter. C'était un affreux petit être, grêle, au teint bilieux, aux yeux frangés de cils sanguinolents. Pour se désennuyer, tantôt elle enfonçait les poings dans les poches de son tablier d'écolière qu'alors elle tendait devant elle, fort, fort, longtemps, longtemps, comme pour en faire une petite tablette bien lisse ; tantôt, par l'effort d'une main, elle superposait un à un les doigts raides et courtauds de l'autre. Elle avait ses cheveux dans un filet à mailles épaisses et d'un blond encore plus filasse qu'eux, et les pieds dans des souliers blancs de première communion, qui avaient dû être mis de côté pour servir à un renouvellement et que la solennité de la comparution avait exceptionnellement tirés de l'armoire.

Deux personnes encadraient la fillette.

A gauche, la propriétaire du garni : une femme carrée, blafarde, dont la figure et la mise décolorées, fanées, flétries, semblaient avoir reçu à la hâte, pour ce jour-là, ce coup de lessive et de plumeau superficiel, ne fouillant jamais sous les meubles, avec lequel elle avait dû mettre en état, trois mois plus tôt, le cabinet de société loué à M. Laquoix.

A droite, c'était le père, un bel homme, à figure franche, dure et hâlée, à la fois rustique et martiale. On eût dit un garde forestier, endimanché par sa redingote noire et le port d'une chaîne de montre en or. Je parierais que cette chaîne lui avait été donnée par M. Laquoix.

Quand l'avocat général conclut en requérant un châtiment exemplaire, le contre-maître exhala un gros soupir et regarda à la dérobée son patron. Celui-ci tenait baissés ses yeux aimants et vagues et sa tête, dont la grasse encolure, plissée hors de la chemise, sous l'occiput, laissait filtrer des gouttes de sueur.

A son tour, la défense eut la parole.

La matérialité de l'acte, c'est-à-dire de la tentative d'acte, ne fut pas contestée. L'avocat se borna à en atténuer le caractère, en insistant sur l'âge de M. Laquoix et sur le petit nombre de minutes qu'il avait eues pour en corriger les inconvénients. Cet argument fit sourire quelques jurés, et m'inspira un sentiment de gêne, celui d'une sorte d'humiliation inutile pour le patient.

Puis le défenseur plaida les vraies circonstances atténuantes. Il retraça la vie de son client, toute faite de travail, de probité, de bienfaisance. Ce dernier resta paisible, jusqu'au moment où il entendit rappeler l'époque de sa nomination comme répartiteur. Alors il fondit en larmes ; et son contre-maître, qui s'en aperçut aussitôt, ne put étouffer un gémissement.

Les pleurs sont toujours impressionnants sur les vieilles faces. Comme l'apparition d'un fleuve dont je sais que la source est là-bas, là-bas, ils me communiquent une émotion profonde, parce que je songe qu'ils viennent de bien loin, qu'ils ont traversé bien des choses résistantes et charrié bien des poids.

Ensuite l'avocat, ayant réservé cet effet pour la fin, révéla que M. Laquoix avait eu pour la famille de son contre-maître des générosités fraternelles. Celui-ci était entré à son service, dix ans auparavant, dénué de tout et traînant à sa charge une femme paralysée. M. Laquoix, par une sympathie bien placée envers un sujet méritant, avait payé les frais du ménage : médecins, médicaments, obsèques pour l'épouse, et fait la position du veuf.

A la citation de chacun de ces bienfaits, le père de la victime, hochant le front, exprimait : « C'est vrai... c'est vrai... c'est vrai !... » dans des signes empressés et douloureux.

Enfin, il y eut un résumé du président, rapide et froid. Le jury ne délibéra pas longtemps. Il usa d'indulgence, et son justiciable ne se vit infliger que deux ans de prison.

Pour le prononcé de la sentence, M. Laquoix s'était levé, et le père avait fait comme lui. Le condamné salua et remercia la Cour, avec une grande expression de politesse et de bonté ; et les gardes municipaux l'emmenèrent sans qu'il fît aucun mouvement de résistance ni qu'il montrât de faiblesse.

Mais son contre-maître se mit à crier désespérément, comme un être à qui on arrache les entrailles :

« Monsieur Laquoix ! Monsieur Laquoix !... »

Il se tourna vers la femme du garni et lui dit rudement :

« C'est vous qui êtes cause de tout !... »

Puis il prit sa fille en ses bras, l'embrassa éperdument ; et, tandis qu'il l'emportait, tout le monde l'entendit encore murmurer, dans une stupeur inconsolable et folle :

« Monsieur Laquoix !... Monsieur Laquoix !... Monsieur Laquoix !... »

Prologue de l'incendie
de Sodome

Le Seigneur apparut un jour à Abraham, sous la figure de trois hommes qui s'en allaient à Sodome.
(*Genèse*, chap. XVIII.)

La lune étant pleine dans le signe du Cancer, une lumière limpide et souple inondait Tanis, la capitale choisie par l'Hiq-Sous vainqueur. Parvenue à l'apogée de son ascension nocturne et gardée par la constellation du Grand Chien, la divine Isis dormait dans le ciel pur. La lueur de son ventre arrondi par la fécondation d'Osiris illuminait, sur le bord des avenues, la barbe grise des sphinx de granit.

Dans le quartier des riches villas, Niébès, le dernier descendant des Pharaons détrônés, veillait avec ses deux amis sur la terrasse de sa maison blanche. En souvenir de sa noble origine, il portait, dans la ceinture brodée qui plissait finement sa schenti, le royal poignard de bronze à tête d'épervier.

Les trois compagnons étaient étendus sur un amas de coussins quadrillés et de tapis historiés, à l'abri d'une moustiquaire de gaze sillonnée de fils d'or, que soutenaient quatre colonnettes de bois jaune et brillant. Autour d'eux, les tabourets de cèdre, chargés de figurines en verre, de gobelets, de flacons où scintillaient la liqueur et l'essence parfumée. Ici traînait un échiquier d'ivoire ; là brillait un miroir d'acier.

Nul ne parlait ; mais chacun sentait un goût pervers sur sa langue, comme après avoir mangé le fruit du sycomore.

Ils songeaient au lointain pays d'Orient pour lequel ils allaient se mettre en voyage sur la foi d'un esclave asiatique, et tout abandonner de leur vie passée et présente... à la mystérieuse Sodome, dans la Vallée des Bois.

Le prêtre Tlas, déjà savant dans les antiques hiéroglyphes, faisait distraitement jouer ensemble la petite lionne noire qui s'appelait *Chienne* et la grande chienne fauve qui s'appelait *Lionne*. Des sourires muets desserraient ses lèvres lorsqu'il croisait son regard avec celui de Saïs, le poète pauvre et timide, dont personne n'ignorait pourtant la Chanson des Roses ni la Marche de la Momie.

Dans les prunelles de ce dernier, la vigilante flamme de ses envies s'était, par prodige, éteinte. Il parcourait d'un œil négligent les splendeurs du jardin, sous la clarté lunaire, les herbes rares, les fleurs épanouies, les citronniers dans leurs vases d'argile rouge, les acacias chargés d'un peuple d'oiseaux chanteurs qui s'éveilleraient avec l'aurore, et, courant parmi les végétations précieuses, des rigoles d'eau fraîche détournées du Nil auquel le solstice d'hiver venait de restituer sa pâleur bleue.

Et Niébès contemplait obstinément la bague de jaspe vert, marquée du scarabée, qui pesait à l'index de sa longue main droite.

Ainsi, à la longue, les beaux jeunes gens s'assoupirent.

Des apparitions promenèrent alors leurs formes et leurs couleurs dans les coquilles sombres des paupières qui s'étaient abaissées.

C'étaient les rêves centuples de leur puberté.

Une femme passait d'abord, avec des yeux ovales et noirs, des cheveux traînants, des hanches creuses, des seins durs et pointus. Elle savait danser à la mode étrangère, la tête renversée et le ventre tendu comme une peau de tambourin.

Et, dès que cette ombre blanche s'était évanouie, une autre venait, plus blanche encore, ignorante de tout art, avec des gestes humbles, des épaules rondes, des cuisses fraîches et resplendissantes comme le lotus, la bouche pleine de ris et le regard promptement noyé de larmes.

Puis un paysage s'ébauchait, autour de sources claires, jonchées de pétales roses. Des arbres inconnus déployaient sous l'azur leurs feuillages effilés qui, merveilleusement, brunissaient, blondissaient, roussissaient comme des chevelures. A l'extrémité de chaque rameau, un visage délicieux commençait à fleurir, des seins bourgeonnaient ; et, lorsque le vaste fruit féminin avait achevé de mûrir, les branches trop chargées en versaient le poids odorant sur le sol.

Et les trois amis, dans leur sommeil, tendaient fiévreusement les bras pour faire la récolte de ce verger idéal et déjà disparu.

Ensuite avait surgi une ville immense, qui s'étendait à perte de vue entre les deux pans de l'arc-en-ciel ; et un vol de femmes ailées s'abattait, comme des cailles lasses, sur la toiture des monuments. Là-haut, elles gisaient inertes, incapables de s'échapper, impossibles à rejoindre.

Et Niébès, Saïs et Tlas tordaient et croisaient leurs jambes, avec une rage passionnée, comme s'ils eussent essayé de monter à des colonnes de marbre.

Mais brusquement la ville s'engloutit ; et, à sa place, des champs de millet s'élevèrent, des mimosas gigantesques et des vignes rougissantes dont les grappes gonflées pendaient vers la terre. Et des compagnies de femmes nues, couchées sur le dos, leur corps chatouillé et moucheté de noir par les fourmis vagabondes, tétaient, mortes d'ivresse, les grains obscènes du raisin.

A ce spectacle, les trois compagnons remuèrent éperdument leurs lèvres avec un cri aigu comme celui des nouveau-nés, et ils s'éveillèrent dans un même spasme.

Parmi eux, la lionne et la chienne grondaient à une approche.

De leurs yeux encore troubles, ils reconnurent la face belle comme le vice et équivoque de l'esclave Géther. La barbe de celui-ci était épointée en signe de servitude. Sur son front cicatrisé, le fer en feu avait fraîchement gravé l'attribut du sexe qui n'était point le sien, selon l'usage à l'égard des ennemis lâches et des captifs obtenus sans combat.

« Maître, dit en se prosternant le nouveau venu, les hommes attendent. Il est l'heure de se mettre en route.

— Bien ! répondit Niébès ; nous n'oublierons rien, puisque nous laissons tout. »

Les amis se levèrent, en détirant leurs membres jeunes. Géther chargea sur ses épaules deux sacs d'or préparés, et tous aussitôt descendirent. La lionne et la chienne, restées seules sur la terrasse, regardèrent au dehors, avec la curiosité grave des bêtes, lorsqu'elles entendirent se refermer lourdement le bronze de la porte extérieure.

Les voies étaient désertes. Par instants, des bruits vagues troublaient le majestueux silence de la ville : tantôt la vocifération impie d'un taricheute qui s'était enivré de vin d'orge, tout en salant des morts pendant l'ardeur du jour ; tantôt les rauques miaulements des chats sacrés qui, hérissant leurs poils, se pourchassaient sur les pylônes des temples et le long des mâts multicolores dont la banderole immobile décorait les seuils religieux.

L'esclave marchait en avant, d'une allure rapide. Parfois il se retournait pour inviter les jeunes hommes à le suivre, en fronçant, par une étrange expression, ses épais sourcils ; et ils accéléraient leur pas, fascinés par ces tressaillements de la plaie symbolique.

Ils suivirent le Nil, dont les bords étaient boisés de roseaux que surmontaient des houppes de papyrus. Ils étaient déjà loin de la ville, lorsqu'ils arrivèrent à une caravane de marchands chananéens, dont les chameaux et les ânes déchargés dormaient debout. Les gens éveillés riaient entre eux, gais et fiers d'avoir vendu en contrebande leurs provisions de gomme, d'encens et de baume, les bracelets de pied, les robes peintes, le fard vert et la poudre pour agrandir les yeux.

Géther remit le prix convenu au chef de la caravane. Les jeunes gens se hissèrent sur des montures, et la troupe se mit promptement en marche, pour atteindre la première oasis avant le lever du jour.

Déjà l'étoile de Sodome commençait à pâlir au ciel. Le

prêtre Tlas leva les bras vers l'horizon oriental où devait bientôt poindre l'avant de la barque du Soleil :

« O dieu Matin ! s'écria-t-il, Créateur des êtres, tu es haut, tu es fort. Donne, chaque jour, des pains à notre ventre, de l'eau à notre gosier, des parfums à notre chevelure, ô Véridique, Resplendissant, Flamboyant ! »

Niébès reprit :

« O Seigneur des années, fais que l'usurpateur de mon trône tombe, en mon absence, dans le feu. Pour mes compagnons et moi, fais que nous suivions toujours notre désir, et que nous ne cessions de vider la coupe de la joie ni de célébrer des fêtes ! »

Après avoir réfléchi, Saïs dit :

« Écoutez ces vers que je viens de composer sur le caractère du dieu Râ, tel que je le conçois :

Assis dans sa maison lumineuse,
Il entendit trois jeunes gens implorer ses bienfaits.
« Ha ! ha ! ha ! fit-il, j'enverrai contre eux
« Les crocodiles, les vagues de sable et les brigands ! »
Mais bientôt d'autres prières, plus nombreuses,
Plus ardentes, parvinrent aux oreilles de Râ.
C'étaient les héritiers de Niébès, les collègues de Tlas, les émules
De Saïs qui murmuraient : « O Souverain sur la terre,
« Envoie contre les voyageurs les crocodiles, les vagues de sable ! »
Le Dieu Râ fit encore : « Ha ! ha ! ha ! puisqu'il en est ainsi,
« Les trois jeunes gens recevront mes bienfaits. »

Voici comment, acheva Saïs, je m'explique le caractère de la Divinité... »

Cette pièce fut accueillie par des exclamations flatteuses. Géther lui-même, qui avait appris l'idiome de Tanis, se retourna vers le poète en éclatant de rire. Depuis le départ de sa ville de servitude, il se sentait libre, il se montrait déjà d'humeur hardie et familière.

Mais Saïs et ses amis étaient graves ; et l'esclave continua de marcher longtemps à reculons, cachant souvent son front sous la paume de sa main, provocant et effarouché sous la fixité des regards qui s'attachaient à la mutilation attirante, au signe meneur des hommes, au mystère épanoui sous ses cheveux annelés.

Celui qui mord sera mordu

Quant à ce conflit dont je fus témoin par la fenêtre de mon hôtel, à Berne, voici l'enchaînement des causes tel que je l'ai pu reconstituer.

C'était une chose connue dans le quartier, que le bouledogue Gnof nourrissait de longue date, les pires sentiments contre ce mâtin de Filz.

Du moment qu'il suffit aux humains, pour s'entretuer, que leurs peaux soient de colorations différentes, pourrait-on s'étonner d'une antipathie de race chez un chien, contre un autre qui lui ressemblait assurément moins qu'un Arabe à un nègre, ou un Sioux à un Chinois ?

Filz était de haute taille, avec un poil fauve-jaunâtre ; et, autour de chaque œil, il portait une tache blanche, comme une paire de lunettes, sur un museau effilé. Gnof, était petit, avec un pelage noir, une tête ronde et noire, un nez noir et relevé, un museau très court et très noir.

Tous les deux, par le milieu où ils étaient nés, appartenaient à la classe pauvre et obscure des chiens. Mais l'aspect de Filz pouvait faire songer à un jeune ouvrier qui se fatiguerait la vue à suivre des cours du soir. Gnof, lui, par une dent saillante de sa mâchoire inférieure, donnait à imaginer qu'il venait, dans une rixe, de se faire casser un tuyau de pipe au ras de la gueule ; et il tenait une oreille de travers, sur le sourcil, comme une casquette de rôdeur de barrière.

Et encore, s'il n'y avait eu que le physique pour dissocier ces deux individus ! Il y avait aussi l'incompatibilité des carrières.

On est en droit de supposer, certes, que, pour Filz, le chien était le roi des animaux, puisque c'est vraisemblablement l'idée que tout être vivant se fait, de l'espèce à laquelle il appartient. Mais cette flatteuse pensée n'engendrait, chez le bon chien, aucun mépris pour les hommes ni pour leurs usages particuliers. Ainsi les Bernois enferment dans une fosse, en ville, un certain nombre d'ours. A l'occasion, Filz se détournait de son chemin, pour aller comme un homme, aussi longtemps qu'un homme, regarder, d'en haut, ces ours dans leur trou. Ah ! quand c'était Gnof qui passait de ce côté-là, son premier soin était, dédaigneusement, de se frotter le dos à la marche d'où l'on contemple, au lieu de la gravir. Et si, parfois, il s'attardait, c'était pour se chercher des puces sur le ventre, pendant que l'agitation nerveuse d'une de ses pattes en l'air et déséquilibrée exprimait : « Je m'en bats l'œil. »

Filz frayait avec quelques personnes. Il n'était pas en fâcheux rapports avec les boutiquiers. Dans sa première jeunesse, il n'avait éprouvé un peu d'inquiétude auprès des humains qu'en les voyant rire, parce que cela leur faisait montrer les dents. Mais cette défiance n'était pas plus ridicule que celle des messieurs et des dames, lorsqu'un chien retrousse sa lèvre supérieure. En effet, les gens les plus instruits semblent ignorer que le chien aime à sourire ou même à ricaner. Et ce n'est pas une raison, parce qu'il est le meilleur ami de l'homme, pour décider, qu'au lieu de se moquer tout bonnement de lui, il ne marquerait sans cesse que l'envie de le mordre.

Gnof passait son existence à ne fréquenter personne du commerce bernois. On l'apercevait perpétuellement assis ou couché sur les dalles de quelque fontaine, afin d'être à portée de la boisson, sans doute, ainsi qu'il y était enclin. Par exception, un passant pouvait constater que ledit Gnof sortait de telle ou telle allée de maison. Mais, c'était au galop, avec sa tête précipitée entre ses pattes de devant, où, toute ronde, elle avait l'air de rouler à grande vitesse. Gnof avait ainsi l'allure de quelqu'un que le maître du lieu reconduit peut-être, mais

non poliment. Qu'était-il allé demander ? Sûrement pas
du travail.

Enfin, parmi tant de motifs généraux d'animosité,
il se glissait encore des griefs plus particulièrement sen-
sibles au cœur de Gnof.

Filz avait un père, auquel il ressemblait ; et Gnof, ne
s'en était jamais connu un. Et, d'ailleurs, c'est par un
sentiment d'excuse pour bien des choses en faveur de
ce dernier que je ne dissimule pas un détail aussi pénible.
Il faut considérer que les bonnes influences de famille
n'avaient pas eu lieu de s'exercer sur Gnof. Il avait dû
s'élever, se former à l'exemple des chiens errants qui,
dans les rues de Berne, comme dans toutes les rues du
monde, ne se privent pas des pures manières.

Le père de Filz n'avait pas seulement le mérite d'avoir
veillé à l'éducation de son fils. Ce vieux chien menait,
de plus, une existence recommandable : il avait un emploi.
Il était commis chez un laitier. C'était lui qui en traînait
la petite charrette jusqu'au domicile de chaque client.

Il est présumable que Gnof avait, à l'avance, discerné
en Filz, quelqu'un qui n'aura eu que la peine de naître,
et qui trouvera sa place toute faite, un jour, grâce au
népotisme. Le caprice des patrons, effectivement, confie
les fonctions, de préférence, aux enfants de ceux qui les
ont déjà servis.

A divers symptômes, il avait été permis de prévoir
que le père de Filz, ne tarderait plus à prendre sa retraite.
Il soufflait misérablement et tirait la langue pour traîner
son attelage par les chemins en pente. Filz, en même
temps, avait pris l'habitude d'accompagner l'auteur
de ses jours, afin de s'assurer, sans doute, de l'itinéraire
des livraisons. Et, par l'observation quotidienne qu'il
faisait ainsi du rôle de son digne père sous le harnais,
Filz avait perdu certaine tendance, un peu trop juvénile,
à gambader et à donner de la voix sous le nez des chevaux. Dorénavant, il se rangeait en leur honneur. S'il
avait eu à s'expliquer sur ses notions de la vie future,
il aurait probablement répondu qu'il considérait les
chevaux de trait comme la forme nouvelle sous laquelle

réapparaissent les chiens qui se sont antérieurement bien conduits dans les brancards d'une voiture de laitier.

Bref, le seul motif qui, parfois, avait la force encore de détourner Filz de vaquer à des occupations avec son père, c'était la rencontre d'un défilé militaire. Cet élan devait-il être attribué à l'amour de la musique ? Ou bien sur cette terre suisse que tant d'armées ont franchie avant même les légions romaines, Filz avait-il compté, parmi ses ancêtres, quelque chien de guerre ayant détourné une chienne bergère ? Toujours est-il qu'il se plaisait à suivre le pas des soldats, comme un garçon pâtissier, comme un petit porteur de télégrammes, comme tous les gens qui font cela plutôt que ce qu'ils ont à faire. D'un mot, je dirai que Gnof, en pareille occurrence, ne se dérangeait pour la troupe en marche, que lorsqu'elle allait commencer à lui mettre le pied dessus. Et Dieu vous préserve du regard qu'en se reculant il jetait alors sur les défenseurs de son pays !

Pour compléter les renseignements, j'ajouterai que Gnof, dont on sait déjà qu'il ne s'intéressait ni aux hommes, ni aux ours, n'avait pas non plus d'initiative vis-à-vis des chats. On ne peut pas soutenir qu'il en voulût même à tous les chiens. Car ceux qui visitaient Berne en voyageurs, les fox-terriers, les King-Charles, les sloughi, de passage, ne lui inspiraient qu'une patiente curiosité. Gnof devait, tout au moins, à sa nationalité suisse, le tact qui réussit à ne pas rendre l'étranger trop mécontent.

Mais Gnof en voulait à Filz, à celui-là spécialement, irrésistiblement. Il lui en voulait pour des raisons qu'il n'y avait pas à cacher, et que pèseront les consciences : Il lui en voulait parce que l'autre était de sa ville, de son âge, un camarade d'enfance, et parce que le moment arrivait, où, aux yeux de tous, il serait évident que celui qui avait le mieux fait son chemin dans la vie, c'était Filz !

A deux ou trois reprises, la querelle avait presque éclaté : quelques douteux propos grondés face à face ; puis un corps-à-corps assez brusque. Dans ces circonstances, avec ce nain, que pour lui, était Gnof, Filz ne s'était livré qu'à un jeu de géant. Il avait fait toucher terre aux deux épaules de Gnof, rien qu'en lés boxant. Et il l'avait maintenu ainsi terrassé, humilié, pendant tout le temps qu'il s'y était plu. Filz avait bien alors montré toutes ses dents sous la gueule ouverte. Mais nous avons fait plus haut, allusion à la faculté que le chien a de rire ; et, chez lui, comme chez les hommes, il était possible que cette grimace exprimât quelque chose qui ne fût pas absolument cruel. En tout cas, Gnof n'avait cherché qu'à sortir de situation sans être pénétré de l'intention que son adversaire manifestait au bout des crocs. Il avait regagné sa place, au milieu de mauvais sujets de son espèce, en mâchant de noires rancunes entre ses gencives noires.

L'événement — le véritable événement — se produisit durant la première matinée où Filz, nommé successeur de son père, fit ses débuts en ville, traînant la voiture du laitier.

Il est admissible que ses allures aient trahi, cette fois-là, quelque contentement excessif de lui-même. Cependant, ne suffit-il pas pour exaspérer les chiens du caractère de Gnof, qu'ils voient n'importe quel chien obtenir un avancement de carrière, une place sérieuse, qui comporte des insignes. Et si, pour comble, ce chien a été leur ami, ou pis encore, s'il l'est resté un peu, la provocation devient hautement intolérable. Gnof alla-t-il jusqu'à deviner que Filz tenait là, une position avantageusement rétribuée ? On peut le supposer, car l'idée de l'argent d'autrui est de celles qui bouleversent les physionomies ; et il est avéré que, tout-à-coup, le museau noir de Gnof devint gris-sale, puisqu'il était noir et que c'est la teinte accordée aux nègres pour pâlir.

J'étais, comme il est dit plus haut, dans ma chambre d'hôtel. J'entendis, du dehors, un bruit de boîtes de cuivre qui s'entrechoquaient, et se renversaient. Je courus à ma fenêtre, où j'eus, d'abord, ce spectacle d'agression sauvage : Un grand chien au poil jaune, attelé, harnaché, paralysé par les courroies et les brancards, était debout, cabré.

A sa gorge était suspendu un bouledogue, noir, un étrangleur, un égorgeur. Oui, c'était bien une tentative de meurtre que, de loin, j'avais sous les yeux.

Le grand chien hurlait dans un râle. La place était déserte, sauf la présence d'une fillette, l'enfant du laitier, qui, appelant, pleurant, eut cette inspiration immédiate: Dans sa petite main, elle saisit une patte pendante du bouledogue ; elle en écarta vivement les doigts, et en prit un dans ses petites dents à elle, entre ses canines de jeune carnivore aussi.

Parmi du monde qui accourait, il y eut un cri d'effroi. Car le mauvais chien, pour se défendre, avait soudain lâché prise. Il avait, en même temps, d'une secousse musculaire, arraché sa chair saignante velue et griffue, à la petite gueule humaine qui la grignotait. Et il faisait tête, terrible, à l'enfant.

Il considéra celle-ci, un instant, en tournant sa tête de côté, l'oreille en casquette sur le sourcil. Puis, comme s'il eût aussitôt fini de délibérer, il repartit vers le mâtin avec la résolution indiscutable de l'étrangler encore, de l'étrangler tout à fait, parce qu'il ne se connaissait réellement de compte à régler qu'avec ce mâtin, qui était, en quelque sorte, un parent, un cousin, ayant grandi.

Mais l'élan du bouledogue fut, cette fois, entravé par l'assistance survenue, par la police même, qui ,devant la voiture du laitier, attestait déjà qu'elle se chargeait de protéger les chiens travailleurs, contre les chiens fainéants.

Et si j'ai pu élucider le petit point d'histoire, qui a concerné Filz et Gnof, ce fut moins en faisant jaser ensuite les personnes qu'en observant la conduite, les allées et venues, les aboiements, les échanges d'impressions d'une foule de chiens que la nouvelle de la rixe avait attirés.

Les trois premiers récits sont empruntés au premier volume des œuvres complètes de Paul Hervieu. Le dernier est inédit en librairie.

TABLE DES MATIÈRES

Chaque petit volume d'*Une heure d'oubli..* d'un format élégant et pratique, forme un tout composé, tantôt d'un seul, tantôt de plusieurs récits d'un des plus grands romanciers contemporains.

Pour paraître prochainement, le N° 110 :

MAX ET ALEX FISCHER

UN ROMAN D'AMOUR

8° Y² 70449 ?